O Príncipe das Palmas Verdes e outros contos portugueses

O Príncipe das Palmas Verdes e outros contos portugueses

Seleção e adaptação de
Susana Ventura

São Paulo – 2022
1ª edição

© Copyright, 2013 – Volta e meia
2022 – 1ª edição. Em conformidade com a Nova Ortografia.
Todos os direitos reservados.

Editora Volta-e-Meia
Rua Engenheiro Sampaio Coelho, 111
04261-080 – São Paulo – SP
Fone/fax: (11) 2215-6252
Site: www.editoranovaalexandria.com.br

Seleção e adaptação: Susana Ventura

Revisão: Beatriz Weigert e Mara Ferreira Jardim

Projeto gráfico e Editoração eletrônica: Viviane Santos

Capa: Viviane Santos

Dados Internacionais de Catalogação na Publicação (CIP)
Angélica Ilacqua CRB-8/7057

O príncipe das palmas verdes e outros contos portugueses / seleção e adaptação de Susana Ventura – São Paulo : Editora Volta e Meia, 2022.
88 p.

Bibliografia
ISBN: 978-85-65746-28-1

1. Literatura juvenil portuguesa 2. Contos populares portugueses I. Ventura, Susana

13-0984   CDD 028.5

Índices para catálogo sistemático:
1. Literatura juvenil

Índice

Breve apresentação — 7

O Príncipe das Palmas Verdes — 9

Pente, laço e anel — 19

O cavalinho das sete cores — 23

A gaita maravilhosa — 29

Antônia — 33

O gosto dos gostos — 41

As três irmãs — 45

Cravo, rosa e jasmin — 57

O cordão de ouro — 69

A história de João Grilo — 75

Referências bibliográficas — 83

Biografia — 87

Apresentação

O Príncipe das Palmas Verdes e outros contos portugueses apresenta uma seleção e reconto de dez histórias recolhidas por especialistas renomados que trabalharam a partir do final do século XIX em Portugal.

Neste livro busquei contemplar a variedade do conto popular português em suas diversas vertentes. Das recolhas feitas por Teófilo Braga, Zófimo Consiglieri Pedroso, Adolfo Coelho e João David Pinto-Correia escolhi dez histórias que recontei buscando ser fiel às matrizes consultadas. Pensei em contos que fossem atraentes aos jovens brasileiros e que mostrassem, também, a riqueza de diversos aspectos da cultura portuguesa.

O primeiro conto, *O Príncipe das Palmas Verdes* parece ter um substrato pré-cristão (repare-se a consulta a Sol, Lua e Vento como parte da jornada da heroína). O segundo conto, *Pente, laço e anel*, tem em comum com o primeiro o imaginário do mundo subterrâneo (com elementos aqui que parecem antecipar uma obra autoral como a de Lewis Carroll), temas que aparecem com frequência em contos oriundos da cultura árabe. O terceiro conto, *O cavalinho das sete cores*, menciona claramente o assunto dominante do século XII na Península Ibérica: as lutas entre mouros e cristãos. A presença do mouro, da moura e da Moirama (lugar de ajuntamento de mouros) também permeará outros contos, mas é neste conto que ela tem maior relevância. Os dois contos que se seguem, *A gaita maravilhosa* e *Antônia*, mostram claramente a fé cristã católica em sua vertente portuguesa.

O sexto conto, *O gosto dos gostos* é, por sua vez, uma história atemporal que tem como matriz do conflito o mesmo tema que move *Rei Lear*, de Shakespeare: o julgamento paterno sobre a dimensão do amor das três filhas.

As três irmãs, sétimo conto, está marcado pelo imaginário católico, o que se evidencia pela evocação da figura de Nossa Senhora e pela atribuição do desvendamento do mistério central da narrativa a uma ave que fala (alusão ao Espírito Santo).

Por sua vez, *Cravo, Rosa e Jasmim* possui um elemento que evidencia ligação à cultura árabe: o encantamento a partir da água, no caso como portadora das miragens de três diferentes flores. O nono conto é o belo e simbólico *O cordão de ouro*, também atemporal, e que registra a presença de uma fada, personagem rara nos contos portugueses. Por fim, o 10º conto, *A história de João Grilo* mostra ao Brasil a origem de uma das personagens mais marcantes do folclore brasileiro e que, no entanto, é originária de Portugal.

Tentei manter o sabor das narrativas populares lusitanas, mas acrescentando um tempero bem brasileiro, ao recontá-las da minha maneira, a de uma brasileira que cresceu em meio a uma família de origem portuguesa.

São Paulo, agosto de 2013.

O Príncipe das Palmas Verdes

Era uma vez uma moça muito pobre que, um dia, com fome, foi a uma horta roubar couves para fazer uma sopa. Caminhando viu um buraco e, tomada de curiosidade, entrou por ele achando do outro lado uma casa onde estava a mesa posta. Não viu ninguém por perto, mas sentou-se e comeu até ficar satisfeita. Como a comida era boa, deixou-se ficar até que anoiteceu. Buscou então um quarto, com cama feita, deitou-se e adormeceu. No meio da noite percebeu que chegava outra pessoa e se deitava também. Era um homem.

Longos meses se passaram, repetindo-se a rotina daquela casa encantada: pelos dias, a moça podia passear pelo jardim, ocupar-se de uma costura ou mesmo descansar, porque a horas certas a mesa se punha, com comida boa e farta, e assim que se deitava vinha seu companheiro deitar-se também.

Jamais ela viu alguém na casa, como tampouco soube da identidade ou viu o rosto do homem que com ela se deitava, mas, ainda assim, por ele se apaixonou e, durante as horas em que estavam juntos, davam-se muito bem.

Um dia ela começou a ter saudades de sua mãe e resolveu conversar com seu companheiro a respeito. Ele lhe disse que compreendia, que a amava e sentiria sua falta. No entanto, nem por isso a impediria de visitar a mãe. Ela podia partir: que andasse pelo mesmo caminho que a levara ali e sairia de novo na horta. Ele desejava que ela fizesse uma boa visita à mãe, mas que retornasse ao final de três dias.

Lá foi ela, passou pela horta, colheu umas folhas de couve e foi à casa da mãe.
— Mãe, eis-me de volta. Trouxe-lhe umas couves.

A mãe ficou feliz em ver a filha de volta, mas intrigada também: a jovem tinha lindas roupas, parecia alegre e, com toda a certeza — as mães sempre sabem dessas coisas — estava grávida.

— Filha, conte-me tudo o que aconteceu desde o dia em que você saiu para apanhar couves! E não são estas couves, porque você esteve fora muitos meses!

A jovem contou, então, tudo o que tinha acontecido, com todos os detalhes. A mãe opinou que era um absurdo ter ela um companheiro que nunca tinha visto:

— Filha, espera que ele adormeça, vá até a lareira e pegue dali um lume, uma chama. Acenda com ela uma lamparina, chegue-se à cama e olhe o rosto do seu marido.

Ao final dos três dias, voltou a jovem para sua casa mágica e, seguindo os conselhos da mãe, acendeu a lamparina e aproximou-se do amado que dormia. Neste momento, ele acordou e disse:

— Ó que pena tão grande! Eu estava encantado e o meu encantamento estava quase no final. Agora terei que pagar dobrado o tempo do meu castigo. Parta agora mesmo, leve o que é seu e o filho que tem de mim. Você me condenou a um longo penar. Se algum dia quiser me ver novamente, vá pelo mundo e pergunte pela casa do Príncipe das Palmas Verdes.

A jovem deixou o quarto muito desgostosa e foi buscar roupas para a viagem. Já nada encontrou: nem suas roupas, nem comida, nada, nada, só a roupa feia e pobre que usava no dia em que chegara àquela casa. Ela partiu, então. Com vergonha de voltar à casa da mãe, foi vagando pelo mundo. Quando foi o tempo, deu à luz um lindo menino, que passou a levar ao colo, sobrevivendo de esmolas e perguntando em

O Príncipe das Palmas Verdes

toda a parte pela casa do Príncipe das Palmas Verdes. Chegada a uma terra já bem distante, perguntou à Lua:

– Lua, você que tudo ilumina pela noite dos tempos, saberia me dizer da casa do Príncipe das Palmas Verdes?

A Lua respondeu-lhe que não sabia, nunca tinha ouvido falar na casa do Príncipe das Palmas Verdes, mas que ela fosse até o Sol, que mandava seus raios durante o dia, e perguntasse a ele. A moça ficou muito triste e vendo isso a Lua lhe disse:

– Embora eu nada saiba da morada de seu amado, vou-lhe dar essa castanha, para que você a quebre no momento de maior aflição que tenha.

A jovem pegou a castanha, agradeceu à Lua e caminhou até encontrar o Sol, a quem perguntou:

– Sol, você que tudo ilumina pelos dias e que assim tudo vê, saberia me dizer da casa do Príncipe das Palmas Verdes?

O Sol disse-lhe que nada sabia, mas que ela perguntasse ao Vento, que andava por todos os lados, porque ele poderia saber. Vendo-a muito desconsolada, antes que ela partisse, o Sol lhe disse:

– Minha jovem, embora eu nada tenha a dizer sobre a morada do príncipe, dou-lhe esta noz para que a quebre no caso de ter uma grande aflição.

A moça pegou a noz, agradeceu ao Sol e caminhou até encontrar o Vento, a quem perguntou:

– Vento, você que venta por todas as partes, saberia me dizer da casa do Príncipe das Palmas Verdes?

O Vento, então, respondeu:

– Se eu sei? Claro que sei, ainda nessa noite estive batendo à janela de seu quarto e o príncipe ralhou comigo. Disse-me, 'vento danado, deixa-me dormir'!

A jovem ficou muito contente e pediu ao Vento que lhe ensinasse o caminho da casa do príncipe. O Vento não só lhe ensinou o caminho como ainda lhe deu uma amêndoa, com a recomendação de que a quebrasse, caso se visse em grande aflição.

Caminhando com o filho ao colo e as três frutas secas no bolso, a jovem sentia renovarem-se suas forças. Ao chegar à casa indicada pelo Vento, buscou pela porta dos fundos e ali abordou uma criada, que saía para o quintal. Pediu água e um prato de comida, mostrando seu filhinho que dormia. A criada mandou-a entrar na cozinha, deixou-a descansar junto ao fogo e deu-lhe de comer. A jovem aproveitou para perguntar pelo Príncipe das Palmas Verdes; aquela era sua casa, não?

– É sim, é a casa do Príncipe das Palmas Verdes e ele foi para a caça hoje.

A moça continuou perguntando:

– E como vai o Príncipe?

A criada disse que ia muito bem, estava para se casar e a princesa, sua noiva, já tinha chegado para o casamento e estava ali hospedada com todos os parentes e convidados.

– Uma trabalheira danada, mas vai ser uma festa linda!

A jovem ficou muito triste, agradeceu pela refeição e levantou-se para partir. A criada disse-lhe que esperasse, que iria buscar com a noiva uma esmola.

Assim que a criada deixou a cozinha, ela lembrou-se do conselho da Lua. Com certeza aquele era momento de grande aflição, o pior de que se lembrava. Então, a jovem quebrou a castanha e, de dentro dela saíram três novelos da mais pura lã de ouro! Quando a criada voltou e viu os novelos de ouro, foi correndo falar com a princesa.

– Princesa, aquela pobre mulher tem uma coisa incrível: três novelos de lã de puro ouro!

A princesa ficou muito curiosa, mas não quis ir até a cozinha e disse à criada:

– Volte lá e pergunte a ela se quer vender isso e qual o preço.

A criada foi e perguntou. A jovem respondeu:

O Príncipe das Palmas Verdes

— Não estou vendendo, mas posso dar-lhe os novelos, se me deixar passar a noite no quarto do Príncipe das Palmas Verdes...
Sabendo da resposta, a princesa ficou bem descontente:
— Não quero, mande-a embora sem mais conversa. E já!
A criada, no entanto, convenceu-a do contrário:
— Minha senhora, não se preocupe. Deixe-a ir ao quarto do príncipe e lá ficar. No jantar eu dou a ele uma bebida que o fará adormecer profundamente até de manhã.
A princesa pensou um pouco e acabou concordando.
A jovem entregou os novelos de ouro à criada, que, em troca, a escondeu com o filhinho na adega até que chegasse a noite e o momento de ir ao quarto do príncipe.
O príncipe voltou tarde da caçada trazendo coelhos selvagens e perdizes, entrou pela cozinha adentro dizendo-se com fome e sede.
A cozinheira logo disse:
— Num instante estará o jantar servido, meu príncipe. A mesa já está posta.
O príncipe estava feliz e animado, conversou, comeu, bebeu e, logo após o jantar, começou a sentir um sono terrível. Foi para seu quarto amparado por um criado, que precisou ajudá-lo a despir-se e deitar-se.
A criada só então introduziu a pobrezinha e seu filho no quarto do príncipe, dizendo:
— Pode passar a noite aqui, como é de seu desejo. Mas quando estiver amanhecendo abrirei a porta e você terá de sair.
A jovem tentou, em vão, acordar o príncipe. Desesperada, deitou o bebê ao lado do pai e disse:

— Príncipe das Palmas Verdes,
Não te lembres de mim,
Mas lembra-te de teu filho,
Que está ao pé de ti.

Repetiu muitas vezes o chamado ao príncipe, mas sem sucesso. Enfim, exausta, adormeceu no chão, sendo despertada pela criada. Amanhecia e era hora dela partir.

A criada levou-a e ao bebê para um curral e deu-lhe alimento, dizendo-lhe que partisse em seguida.

De seu esconderijo, a jovem viu o príncipe montar a cavalo e sair, em companhia de vários outros cavaleiros. Ela então chorou muito, sentindo-se muito aflita.

Lembrou-se da noz que o Sol lhe dera e quebrou-a. Dela surgiu uma roca de ouro com uma meada também de ouro. A criada, ao retornar para buscar o prato e a caneca, ficou impressionada ao ver aquela maravilha.

Correu para contar à princesa que a pobrezinha aparecera com outro tesouro: uma roca de ouro que vinha com uma meada também de ouro!

A princesa que já estava entretida com seus novelos de ouro, quis imediatamente comprar a roca.

Perguntada, a jovem respondeu o mesmo do dia anterior:

– Não estou vendendo, mas posso dar-lhe roca e meada se me deixar passar a noite no quarto do Príncipe das Palmas Verdes...

O acordo foi feito e novamente a criada tratou de dar ao príncipe a tal bebida, o que o fez cair no sono logo após o jantar, precisando ser carregado até seu quarto.

Depois disso, ela deixou que a jovem e seu bebê entrassem, dizendo que viria buscá-los tão logo amanhecesse.

A jovem se desesperou, chamando pelo príncipe por horas a fio:

– Príncipe das Palmas Verdes,
Não te lembres de mim,
Mas lembra-te de teu filho,
Que está ao pé de ti.

O Príncipe das Palmas Verdes

De nada adiantou. Novamente dormiu o bebê junto ao pai, a jovem no chão e o príncipe nem se mexeu.

A manhã chegou num instante e com ela a criada, que mandou que a jovem e seu filhinho saíssem do quarto do príncipe, que ainda dormia.

Escondeu-a na horta, de onde ela viu o príncipe partir novamente, acompanhado por um séquito de cavaleiros.

A jovem, presa de grande aflição, quebrou a amêndoa que o Vento havia dado.

Ao levar a comida para a jovem mãe, a criada viu maravilhada, a jovem e seu filhinho ao lado de um tear todo de ouro, abastecido por fios de ouro que vinham de dois enormes novelos.

Deslumbrada com a visão daquela maravilha, foi logo contar à princesa sobre a novidade da pobrezinha.

Mas não era só entre criada e princesa que se davam as conversas da casa do Príncipe das Palmas Verdes. Nesta mesma manhã, enquanto a princesa cobiçava o tear e os novelos de ouro e a criada preparava a beberagem para dar ao príncipe para que adormecesse, um cavaleiro do séquito do príncipe dizia a ele:

— Meu príncipe, sabe que durmo no quarto embaixo do seu. E há duas noites que durmo mal, escutando uma voz que parece vir de lá.

O príncipe quis saber mais:

— Voz, que voz? O que diz?

E o cavaleiro contou que era uma voz de mulher, que repetia sem cessar que ele, o Príncipe das Palmas Verdes, deveria se lembrar do filho que tinha junto dele. O Príncipe reagiu:

— Que coisa mais estranha, tenho sentido tanto sono ultimamente, mal consigo terminar de jantar...

Desconfiado, naquela noite o príncipe começou a olhar bem para aqueles que serviam à mesa e reparou na criada que lhe servia a bebida, que parecia vir de uma jarra destinada somente a ele. Evitou beber e se desfez da bebida do copo, jogando-a por baixo da mesa. A criada voltou enchendo os copos de todos menos o dele. Voltou, depois, à cozinha de onde trouxe uma jarra somente para servi-lo. Fingiu beber e, depois de algum tempo, queixou-se de sono. O criado levantou-se para ajudá-lo e ele permitiu a ajuda, embora desta vez estivesse bem acordado. Mas, deixou-se levar até o quarto e agiu como se tivesse bem sonolento, foi auxiliado em tudo até que se viu só e no escuro esperou pelo que iria acontecer. Não precisou esperar muito, logo viu a porta se entreabrir e vislumbrou na penumbra a jovem ser introduzida no quarto, segurando um volume nos braços. A seguir, o príncipe ouviu a criada dizer que viria buscá-la ao amanhecer. Quando a porta se fechou, a jovem se aproximou da cama, colocou o bebê ao lado do príncipe e disse:

– Príncipe das Palmas Verdes,
Não te lembres de mim,
Mas lembra-te de teu filho,
Que está ao pé de ti.

O príncipe sentiu o bebê se mexer e o tocou. Depois esticou a mão e pegou a mão da jovem, perguntando bem baixinho:
– Então você veio? Como chegou aqui?
Ela então contou tudo a ele, do seu vagar pelo mundo em busca da casa do seu amado, do encontro com a Lua, o Sol e o Vento, da sua chegada àquela morada e tudo o que acontecera. O príncipe disse então:
– Você deve estar cansada, deite-se aqui ao meu lado e durma. Amanhã, saia quando a criada vier chamá-la e espere sossegada.

O Príncipe das Palmas Verdes

Ao amanhecer, como de costume, a porta se entreabriu e a criada chamou pela moça, que saiu com o bebê como se nada tivesse acontecido.

A criada a escondeu no estábulo e saiu dizendo que iria buscar algo de comer.

Enquanto isso o príncipe preparou-se e desceu para fazer sua primeira refeição. Estavam todos à mesa quando ele disse:

— Tenho uma pergunta para fazer à corte, preciso consultá-los sobre um assunto.

A princesa logo se entusiasmou, pensando que a consulta seria sobre a festa do casamento.

O príncipe, então, prosseguiu:

— Um dia um homem perdeu uma chave de ouro e arranjou uma de prata para substitui-la. Mas aconteceu de achar novamente a chave que tinha perdido, a primeira, a de ouro. Gostaria que os senhores e as senhoras me dissessem: qual delas o homem deve usar agora que tem as duas, aquela antiga de ouro ou a nova de prata?

Todos concordaram que o homem deveria usar a primeira chave, que além de tudo era de ouro.

O príncipe voltou-se para a princesa:

— E a senhora também concorda? Também acha que o melhor é o homem usar a chave de ouro?

A princesa disse que isto era claro como o dia, o ouro vale muito mais que a prata!

— Já que todos pensam assim... — disse o príncipe que, para surpresa de todos, levantou-se, foi até a porta, abriu-a e fez entrar por ela a jovem com seu filho.

Ficaram todos boquiabertos e em silêncio, enquanto o príncipe continuava a falar:

— Tomarei esta jovem, que traz consigo meu filho, por esposa. Tínhamos nos perdido um do outro, mas agora nos reencontramos e, juntos, seremos felizes.

A princesa se retirou contrariada, levando consigo a insidiosa criada e todo o ouro que recebera da jovem.

Na casa do Príncipe das Palmas Verdes começou uma festa que durou muitos dias, precedendo os longos anos de felicidade e venturas que teve aquela família.

Pente, laço e anel

Era uma vez uma princesa que costumava pentear-se sempre à janela de seu quarto, que ficava num palácio e dava para um belo jardim.

Um dia viu um coelho branco, que se colocou embaixo da sua janela e ficou olhando enquanto ela se penteava. A princesa achou o coelho muito bonito e pediu para a aia que sempre a acompanhava que ela descesse ao jardim e o apanhasse. Mas foi em vão, quando a aia chegou ao jardim o coelho desaparecera.

No dia seguinte ele voltou e a princesa se acostumou a vê-lo todos os dias, parado embaixo da janela logo cedo, na hora em que ela começava a se pentear. Numa manhã, em que a princesa se distraiu por alguns minutos, o coelho veio e levou-lhe o pente. Passados dias, levou-lhe o laço que estava para colocar nos cabelos e de uma terceira vez apossou-se de um anel, que ela pusera por minutos no marco da janela, enquanto lavava as mãos.

Após isso o coelho desapareceu completamente. A princesa adoeceu e confidenciou à aia: estava doente de saudades do coelho branco.

O rei chamou médicos e mais médicos, que viam a princesa e não descobriam qual era o seu mal. O reino todo mergulhou em tristeza pela princesa doente de um mal que ninguém sabia qual era e que, no entanto, a consumia.

Uma noite a princesa sonhou que recuperaria a saúde se bebesse um copo da água de uma fonte que havia no bosque em frente ao palácio.

Pela manhã chamou a aia, contou-lhe o sonho e pediu-lhe que fosse buscar a água daquela fonte.

Partiu a aia, de imediato, levando um cântaro para colher a água. Ao chegar perto da fonte viu abrir-se o chão e dele sair um escravo vestido com roupas luxuosas, ladeado por um burro carregado de barris. Ela se escondeu e ficou observando. Assim que o homem e o burro chegaram ao lado da fonte, o chão se fechou. O escravo, então, encheu todos os barris com a água da fonte, colocou os barris sobre o lombo do burro, voltou-se para o chão ao lado da fonte e disse:

– Abre-te, chão!

O chão abriu-se de imediato e a aia vislumbrou nele um castelo que parecia ser muito rico. Ela não esperou mais nada, esgueirou-se e entrou pelo buraco antes que ele se fechasse novamente e seguiu para o castelo atrás do homem. Dentro do palácio ela viu o escravo descarregar um dos barris, trazer para junto de si uma bacia e um jarro de ouro. Encheu o jarro de água e foi-se embora. A aia se escondeu atrás de um biombo e dali viu chegar o coelho branco, que se aproximou da bacia e nela entrou. O escravo voltou, despejou a água do jarro sobre o coelho que imediatamente transformou-se num formoso príncipe. Banhou-se, recebeu uma toalha das mãos do escravo, que era seu criado, e com ela se secou. O príncipe vestiu-se com as belas roupas que o criado trouxera e estavam apoiadas numa cadeira e depois foi até um móvel, abriu uma gaveta e dela tirou o pente, o laço e o anel da princesa. Disse, então, como se pensasse em voz alta:

– De minha amada senhora
Tenho o anel, o laço, o pente,
E, por mais que eu sempre tente
Tenho-os, mas não a ela
Só a vejo a certa hora

Pente, laço e anel

Debruçada na janela
Pente, laço, anel de minha senhora,
Tenho-os e não tenho a ela,
Ai de mim, que morro por ela!

Depois guardou os objetos, despiu-se, voltou a banhar-se, tornou-se novamente coelho e fugiu para o jardim, sendo seguido pelo seu criado.
A aia aproveitou que estava só e escapou-se até o ponto em que tinha entrado e disse:
— Abre-te, chão!
O chão voltou a abrir-se e ela voltou para a superfície. Colheu em seu cântaro a água da fonte e voltou para o palácio. Serviu a princesa de água, que, nem bem tomou um copo daquela água e já começou a sentir-se melhor. A aia, tão logo viu a princesa mais animada pôs-se a contar o que tinha visto e ouvido.
A princesa, então, ficou muito contente e decidida a levantar-se da cama logo, para poder ver o prodígio com seus próprios olhos.
Dias depois, ela estava disposta e saiu numa manhã com a aia para o bosque. Chegaram ao pé da fonte e esconderam-se as duas. Não esperaram muito, em pouco tempo o chão ao lado da fonte abriu-se, por ele passaram o escravo e seu burro carregado de barris. Ele encheu todos os barris, tornou a pendurá-los no burro e, voltando-se para o chão exclamou:
— Abre-te, chão!
Imediatamente o chão se abriu e por ele entraram homem, burro e as duas moças que se esgueiraram para não serem vistas.
Esconderam-se as jovens atrás daquele mesmo biombo que tinha servido à aia para ocultar-se dias antes e viram chegar o coelho branco, entrar na bacia, ser atendido pelo criado

que sobre ele despejou a água do jarro e transformar-se num belo príncipe, que se secou, colocou belas roupas, foi ao móvel, abriu uma gaveta e de lá tirou o pente da princesa, o laço de seus cabelos e o anel que outrora esteve em seu dedo. Suspirando ele disse:

– De minha amada senhora
Tenho o anel, o laço, o pente,
E, por mais que eu sempre tente
Tenho-os, mas não a ela
Só a vejo a certa hora
Debruçada na janela

Pente, laço, anel de minha senhora,
Tenho-os e não tenho a ela,
Ai de mim, que morro por ela!

A princesa saiu do esconderijo e disse a ele:
– Se morres por mim, aqui me tens, que também morro de amores por ti!
O príncipe não cabia em si de alegria. Contou que estava preso de um encantamento, que só lhe permitia ser homem no mundo subterrâneo, tornando-se coelho quando desejava andar pela terra das gentes. O encantamento só seria quebrado no dia em que sua bem amada descesse por ele ao fundo da terra e lhe declarasse o seu amor. Isso tinha acabado de acontecer!
Abriram o chão, voltaram ao palácio da princesa, casaram-se e foram felizes para todo o sempre!

O cavalinho das sete cores

Há muito, muito tempo atrás, nas guerras que travaram cristãos e mouros pela posse das terras de Portugal, ficou um conde cristão cativo do Rei Mouro. O conde era jovem e belo. O rei tinha duas filhas, também jovens, também belas e ambas agradaram-se muito do jovem conde cativo. A mais velha foi até ele e disse que se casaria com ele, caso o conde lhe ensinasse algo que ela não soubesse. O conde disse que ensinaria a ela a fé cristã: contaria muitas histórias de sua religião e a ensinaria a rezar conforme os modos cristãos. A moça não se interessou pelo que ele tinha a oferecer e foi-se embora. Então visitou-o a irmã mais nova e também disse que se casaria com ele, se ele lhe ensinasse algo que ela não soubesse ainda. O conde fez-lhe a mesma proposta e ela, já bem encantada pela beleza do rapaz, considerou que gostaria de aprender a fé cristã, mas percebeu logo que precisariam fugir, porque se o Rei Mouro soubesse, provavelmente mataria a ambos.

A jovem então, mandou o conde cativo ir até a cavalariça buscar ali o cavalinho das sete cores, que corria como o pensamento:

– Será fácil reconhecê-lo. É o mais belo cavalinho que você já terá visto em sua vida: tem as sete cores do arco-íris e crinas cor de prata. Espere anoitecer, sele o cavalinho e aguarde por mim no fundo do Palácio. Eu cuidarei para que ninguém o veja em seu caminho até lá.

A princesa voltou para seu quarto e arrumou três sacos com tudo o que precisava para a fuga. O primeiro deles ela encheu de cinzas, o segundo ela preencheu com sal e o terceiro, com carvão. Estava lavando suas mãos após amarrar o terceiro dos sacos, quando a irmã mais velha entrou no quarto e, num relance, viu os sacos e percebeu que ela iria fugir com o conde cativo. A irmã mais nova pediu piedade, mas a mais velha disse que ela era uma traidora e que iria denunciá-la ao pai ainda naquela noite.

A jovem, então, apanhou os sacos e foi correndo até a cavalariça, onde encontrou o conde à sua espera. Montaram no cavalinho das sete cores e saíram a galope. Algum tempo depois avistaram os homens do Rei Mouro, que estavam no encalço dos dois fugitivos. A princesa então, abriu o saco de cinzas e as espalhou ao vento, criando imediatamente um nevoeiro tão denso, que os homens tiveram que voltar atrás.

Foram até o rei Mouro e lhe contaram do sucedido:

— Armou-se tal nevoeiro, que não víamos caminho nem carreiro!

O rei Mouro mandou-os novamente atrás da princesa e do conde fugitivo, com ordens para que os trouxessem a qualquer custo.

Enquanto isso, a princesa e seu conde pararam para descansar. Ao meio da noite, a princesa chamou pelo conde e disse:

— Devemos partir, os homens de meu pai não tardam.

E partiram. Dali a pouco viram aproximarem-se os homens do Rei Mouro e eram ainda mais numerosos do que no dia anterior. A jovem, então, abriu o saco de sal e lançou seu conteúdo ao ar. Logo ali formou-se um grande mar, que deteve de imediato os perseguidores.

Os homens do Rei Mouro tornaram atrás e lhe disseram:

— Real senhor, achamos um grande mar e os cavalos não puderam por ele passar!

O cavalinho das sete cores

O Rei Mouro ficou ainda mais furioso, juntou ainda mais homens, aparelhou-os e mandou-os no encalço dos fugitivos.

A Princesa novamente pressentiu a chegada do exército de homens enviados pelo pai. Abriu o terceiro saco e atirou o carvão ao ar. Formou-se uma tempestade enorme, cheia de raios e trovões assustadores. Os homens pararam, petrificados, e decidiram voltar atrás. Disseram ao Rei Mouro:

– Majestade, fugimos em debandada, com tantos raios e tamanha trovoada!

O Rei Mouro, então, desistiu da perseguição, porque os fugitivos deveriam andar já muito longe, em terras dominadas pelos cristãos.

Tal era mesmo verdade. Vencidos os obstáculos, viajavam o conde e a princesa montados no cavalinho das sete--cores, que galopava como o pensamento. Chegaram num areal, mesmo às portas do condado e apearam. O conde disse:

– Princesa, espere-me aqui, vou buscar roupas para que entremos na minha casa vestidos como deve ser. Estou com roupas de prisioneiro e você com trajes de moura. Estamos próximos de minha morada, vou e volto em algumas horas.

A princesa pôs-se a chorar:

– Eu vim de tão longe, deixei a minha terra, minha família e meus costumes. Agora você voltará para a sua terra e me esquecerá!

O conde disse que não faria tal coisa, que ela ficasse descansada! Como poderia esquecê-la? Além de o haver libertado, ele a amava mais que tudo. Ela, então, disse:

– Tome muito cuidado, não se deixe abraçar por ninguém, quando chegar à casa. Se receber o abraço de alguém que o ama, se esquecerá do passado por completo e, com o seu passado, se esquecerá também de mim!

O conde tudo fez para tranquilizar a princesa. Ele retornaria após poucas horas, sem dúvida nenhuma. Depois de tudo o que haviam passado juntos não seria possível esquecê--la. Aquilo de abraço era uma tolice, mas bem, ele cuidaria para que ninguém o abraçasse antes de ela mesma poder abraçá-lo. Enfim, ela se convenceu. Ficou no areal com o cavalinho, enquanto ele seguia a pé para entrar em sua casa pela porta dos fundos e assim não ser visto.

O conde foi leal, entrou em sua casa pela porta dos fundos e seguiu direto para seus aposentos, sem ser visto por ninguém. Trocou as roupas de prisioneiro por roupas limpas e belas e entrou no quarto da irmã para buscar roupas para a princesa. Queria algo bonito e, quando estava abaixado revirando uma gaveta, sua ama entrou no quarto e reconhecendo-o, mesmo de costas, correu e o abraçou, tomada de entusiasmo pelo regresso de seu menino.

Imediatamente cumpriu-se o que a princesa moura dissera: o conde esqueceu-se completamente de tudo, nem sabia dizer como tinha chegado à casa ou o que procurava no quarto da irmã. Apenas sabia que tinha estado fora e que agora estava de volta.

Houve festas e mais festas nos dias que se seguiram.

Enquanto isso, a pobre princesa moura constatou que fora abandonada e saiu em busca de ajuda. Depois de dias parada sem saber o que fazer ela montou no cavalinho e trotaram até que saíram do areal e entraram num bosque. Ali a jovem viu uma cabana onde pediu abrigo. Vivia ali uma velhinha que criava seu neto ainda pequeno e se sentia muito só. Logo se alegrou acolhendo a moça e seu lindo cavalinho. Ficaram vivendo ali a velhinha, o neto e a princesa moura, em paz e harmonia. Um dia o menino foi à feira e trouxe a novidade: dentro de três dias o conde se casaria com uma formosa dama. A princesa moura ficou muito triste e perguntou à velhinha se poderia mandar o seu neto passear com o cavalinho no adro

O cavalinho das sete cores

da igreja por ocasião do casamento. A velhinha concordou e assim se fez.

Quando o conde chegou com seus convidados viu aquele belo cavalinho com sete cores e crina prateada e desejou vê-lo mais de perto. Aproximou-se e ouviu o menino, que o conduzia enquanto falava:

– Anda, cavalinho anda,
não esqueças o que é real,
como esqueceu o conde,
a mourinha no areal.

O conde, ao escutar aquelas palavras lembrou-se imediatamente do passado. Desfez ali mesmo o casamento com a dama, montou no cavalinho, pôs o menino na garupa e foi ao encontro de seu verdadeiro amor. Assim, eles se casaram, o conde não mais cativo e a princesa moura, e foram muito felizes por longo, longo tempo.

A gaita maravilhosa

Foi no tempo em que Jesus andava pela terra acompanhado por São Pedro. Num dia de grande calor, passavam eles por um laranjal quando São Pedro disse:
— Ó Senhor, que grande sede. E se apanhássemos uma laranjita?
Jesus assentiu, porque conhecia a natureza de S. Pedro e sabia que ele não desistiria fácil da ideia.
S. Pedro olhou em volta e viu um menino que guardava o laranjal. Chamou-o:
— Meu rapaz, como vai? Estamos caminhando todo o dia, será que poderíamos apanhar uma laranja?
O menino disse que, sim, que S. Pedro se servisse. São Pedro não se fez de rogado, tomou logo duas laranjas, descascou-as e deliciou-se ali mesmo. Então lembrou-se de que não tinha como pagar ao menino e, claro, resolveu empurrar o problema para Jesus resolver.
— Divino Mestre, que sabor maravilhoso têm estas laranjas. Sabem mesmo muito bem! O Senhor não gostaria de provar uma?
Jesus, conhecedor das fraquezas de São Pedro, já sorria quando o menino acudiu prontamente:
— Sim, Senhor, estão mesmo boas, pegue uma, por favor. Não é preciso pagar por elas, temos muitas e vocês têm sede.
Jesus, comovido pela bondade do menino, disse-lhe logo:
— Meu rapaz, muito obrigado, sinceramente. Diga-me uma coisa: você quer sua salvação?

O menino pensou um pouco e respondeu:
— Isso sim é boa oferta, quero sim, muito obrigado. Mas queria mesmo era uma gaitinha que, quando eu a tocasse, fizesse tudo ao meu redor dançar.

Jesus achou muita graça ao pedido do menino e concedeu-lhe tanto a salvação quanto a gaita maravilhosa, que tirou de imediato de sua túnica.

Despediram-se do garoto e foram andando. O menino ainda ouviu São Pedro dizer a Jesus:

— Senhor Jesus, boa ideia teve esse rapaz, sabe que se o Senhor tiver aí outra gaita mágica eu bem gostaria de experimentá-la?

— Pedro, Pedro, tenha juízo, vamos lá, que temos muito trabalho nesse mundo, respondeu Jesus.

O menino não esperou mais nada: ao vê-los desaparecer pôs a gaita entre os lábios e começou a tocar.

Ocorre que o dono do laranjal estava por ali escondido e esperando os dois estranhos barbudos irem embora para brigar com o menino, quando o som da gaita o pôs a dançar. E dançando caiu sobre uns galhos cheios de espinhos, machucando-se todo. Levantou-se aos gritos:

— Rapaz danado, anda cá e vais ver.

O menino, assustado, pôs-se a correr em direção à casa do patrão, onde estava sua mãe que, decerto o protegeria daquela ira. Quando tomou boa distância pôs-se novamente a tocar a gaita maravilhosa. Vinha pela estrada um vendedor de louça, que ia para a feira, levando a mercadoria em dois cestos encaixados no lombo de seu jumento. Com o som da gaita, começou o vendedor a dançar e também o jumento. Foi-se a louça toda para o chão. Desesperado o vendedor, dançando e tudo, pegou o menino pelo colarinho e lá se foi aos pulos, seguido pelo jumento e até pelos cacos da louça, todos numa dança de loucos, em direção à casa

A gaita maravilhosa

do juiz. Nisto, o dono do laranjal os alcançou e entraram todos bailando como loucos na casa. Dançava o dono do laranjal, todo arranhado e ainda agarrado a um ramo de laranjeira, dançava o vendedor de louça, com uma das mãos prendendo o colarinho do menino, dançava o jumento uma dança em quatro patas e dançavam os cacos cada um para um lado, criando uma confusão total na casa do magistrado. O menino parou de tocar, quando o juiz apareceu, aos berros, perguntando o que é que se passava ali. Parou de tocar o menino e os cacos da louça foram ao chão com enorme barulho, o jumento parou exausto, o vendedor de louça largou o colarinho do rapaz e o dono do laranjal conseguiu por fim parar de dançar e largar o galho de laranjeira.

O juiz estava mesmo furioso. Dirigiu-se logo aos adultos:
– Mas o que é isso? Os senhores me explicam esta confusão?

O dono do laranjal e o vendedor de louça explicaram-se o melhor que puderam, diante do juiz, que não podia acreditar no que escutavam seus ouvidos. Voltou-se, então para o menino e disse:
– Vamos lá, meu rapaz, quero ver como é isto. Essa sua gaita e você estão sendo acusados de criar toda esta confusão e de dar tremendos prejuízos a este produtor rural e também a este nobre vendedor. Como é esta história de gaita maravilhosa?

O menino respondeu-lhe que o melhor de tudo era mostrar os prodígios da gaita. Assim sendo, colocou-a na boca e pôs-se a tocar. Nesse instante mesmo recomeçou a dança maluca. Dançava o juiz, dançava o jumento, dançava o dono do laranjal, dançava o vendedor de louça e dançavam os cacos, levantados do chão como por encanto. Começaram a dançar também os livros da sala e a mesa do juiz e seu ajudante. Ainda bailavam na mesa os papeis e o tinteiro, que verteu a tinta toda na cabeça do Juiz, que quase explodiu de raiva, aos gritos de "Para! Para!".

Quando o menino pensava em parar (e já previa o castigo que iria levar), entrou sala adentro uma velhinha muito velhinha, toda animada cantando e dançando:

– Ah, que alegria,
Nesta folia!
Pois há sete anos
Que eu não me mexia!

Era a mãe do juiz, que há mesmo sete anos estava acamada sem mexer nem a pontinha de um dedo! E agora estava aos pulos e requebros, dançando e cantando alegremente. Quando o rapaz parou de tocar, a velhinha viu que estava boa de tudo. O dono do laranjal e o vendedor de louça ficaram comovidos e decidiram não fazer mais queixa do menino e nem castigá-lo.

Disse o Juiz:

– Rapazinho, você fica aqui conosco. Se a sua gaita causou dano, também nos trouxe alegria. Convido todos vocês para o almoço. E você meu rapaz, vamos pensar em mandá-lo à escola, está bem?

E assim ficaram todos felizes e contentes.

Antônia

Vivia numa aldeia um casal muito pobre, que já tinha muitos filhos, tantos, que todos os seus vizinhos já tinham sido chamados para padrinhos. Quando nasceu mais uma menininha, os pais se desesperaram, porque já não tinham ninguém para convidar para batizar a criança. O pai saiu de casa decidido a encontrar padrinho para a filha e disse para a esposa:

– Mulher, o primeiro que cruzar o meu caminho será o padrinho da pequena!

Não precisou caminhar muito e encontrou um frade que caminhava apoiado num cajado.

– Bom frade, fomos abençoados com uma linda criança que nasceu nesta manhã. O senhor aceitaria ser o padrinho de nossa menina?

O frade logo aceitou. Voltaram os dois para casa e ali mesmo foi feito o batismo. O frade disse:

– Esta linda menina vai se chamar Antônia e será minha protegida sempre. Meu compadre, minha comadre, cuidem bem de minha afilhada. Quando ela completar treze anos voltarei para colocá-la muito bem na vida.

Os pais ficaram um pouco espantados com o conselho, mas se despediram do frade e voltaram para seus afazeres.

Com o tempo esqueceram-se do ocorrido. Antônia foi crescendo e, como os irmãos, trabalhando no campo, cultivando a horta e ajudando nas coisas da casa.

No dia em que fez treze anos, apresentou-se seu padrinho à porta da casa e disse:

— Meus compadres, vim buscar Antônia para servir no Palácio Real. Lá ela encontrará sua felicidade, mas, para que esteja protegida, será preciso que corte seus cabelos e se vista de homem. Passará a ser chamada de Antônio, como eu. Zelarei sempre por ela.

Os pais desconfiaram que o frade era Santo Antônio, mas nada disseram. A mãe cortou os cabelos de Antônia, o pai deu a ela a melhor roupa que ele tinha e Antônia partiu, vestida de homem e acompanhada por seu padrinho.

Chegando ao Palácio, o frade entrou pela cozinha, onde foi recebido com alegria por todos os que ali trabalhavam. Depois de comerem ele apresentou seu jovem amigo a uma das aias da Rainha:

— Aqui tenho este meu afilhado, Antônio, muito gentil e leal. Gostaria muito de vê-lo servindo no palácio.

A jovem aia disse que a Rainha estava mesmo precisando de um pajem e que Antônio poderia servir ali.

O frade agradeceu, abençoou a todos e pediu ao seu jovem afilhado que o acompanhasse até a saída do palácio. Lá, ele despediu-se de Antônia dizendo:

— Minha querida, agora você está empregada. Não revele a ninguém o segredo de sua identidade. Aqui você será sempre Antônio. Porte-se sempre bem e, se estiver em algum apuro diga: "— Valha-me aqui o meu padrinho", e eu virei imediatamente.

Antônia soube aproveitar a vida no Palácio. Era pajem, e isso significava: levar os recados da Rainha, acompanhá-la em seus passeios a cavalo, participar das atividades de canto e dança que aconteciam nos salões, ir a festas em que eram recebidos nobres de outras casas reais. Antônia, por ser, perante a corte, o jovem Antônio, tinha a liberdade e os privilégios que só os rapazes usufruíam então. Aprendeu a ler e fazer música com os músicos e poetas que frequentavam a

Antônia

corte e também a montar e cuidar dos cavalos da casa real. Antônia sabia que fazia parte da vida dos pajens, depois de alguns anos servindo no palácio, tornarem-se cavaleiros e ingressarem no exército do reino. No exército esperava-se que eles lutassem nas guerras, que, naquela época, eram travadas pela posse de terras contra inimigos que mudavam de acordo com os ventos políticos, mas que eram sobretudo os chamados 'mouros'. Movidos por uma fé e por uma lógica diferentes da cristã, esses oponentes viviam em terras cada vez mais distantes, em ajuntamentos que eram então chamados de "Moiramas". Mas Antônia, embora ouvisse todas essas histórias de guerra, estava feliz com sua nova e intensa vida e não se preocupava com o futuro.

Passaram-se dois anos, Antônia cresceu em formosura e beleza, e isso não passou despercebido aos olhos da rainha, que, dia a dia, aproximava-se mais de seu pajem, até que, um dia, se declarou:

– Antônio, estou perdida de amores por você. Cada dia meu coração bate mais forte...

Antônia ficou bem assustada, mas respondeu:

– Minha rainha, é uma honra servi-la. Muito tenho aprendido e devo todo o meu respeito à Casa Real.

A rainha não se conformou com a resposta e, nos dias que se seguiram começou a perseguir o pajem sem cessar. Vendo que não seria correspondida, uma noite, durante o jantar, ela disse ao rei:

– Sabe, meu caro rei, que Antônio hoje me disse ser capaz de, numa só noite, separar todo o joio do trigo dos nossos campos?

O rei, muito surpreso, perguntou ao pajem se era verdade o que a rainha acabava de dizer. Antônia respondeu:

– Eu não disse isso, a rainha deve ter ouvido mal. Mas, se o rei assim o quiser, eu posso tentar...

Antônia caminhou até o campo, e, tomada de aflição, chamou:

— Valha-me aqui o meu padrinho!

Apareceu-lhe o padrinho e disse:

— Antônia, vá se deitar sossegada, que pela manhã tudo estará pronto.

E assim foi.

O rei ficou muito satisfeito. Já a rainha ficou furiosa. Procurou pelo pajem e disse-lhe que, se ele não correspondesse ao seu amor, faria com que ele fosse mandado embora imediatamente.

Antônia respondeu respeitosamente:

— Faça Vossa Majestade o que quiser, eu não posso amá-la sem ser desleal ao meu rei.

A Rainha não esperou nem um dia para tomar uma atitude. Durante o jantar daquela mesma noite ela disse ao Rei:

— Meu rei, deixei meu anel de brilhantes cair ao mar e Antônio disse que seria capaz de o ir buscar.

O rei interrogou o pajem, que respondeu:

— Eu não disse tal coisa, a rainha deve ter compreendido mal. Mas, se o rei assim o quiser, eu posso tentar...

Antônia foi, então, até a praia e chamou:

— Valha-me aqui o meu padrinho!

Apareceu-lhe o padrinho e disse:

— Antônia, tome esta rede e vá pescar. O primeiro peixe que você apanhar, leve à cozinha e abra. Dentro dele você encontrará o anel.

Antônia seguiu o conselho do padrinho, encontrou o anel e entregou-o ao rei na manhã seguinte.

A rainha ficou ainda mais transtornada. Chamou o pajem aos gritos, disse-lhe que era a sua última chance, agora não iria ser despedido e sim, seria morto, caso não correspondesse ao seu amor.

Antônia

Antônia foi firme e respondeu de maneira respeitosa:
— Faça Vossa Majestade o que achar melhor. Eu não posso amá-la sem ser desleal ao meu rei.

A rainha foi então ao rei e disse-lhe:
— Meu rei, Antônio nos surpreende a cada dia mais com suas habilidades. Imagine o senhor que ele me disse hoje que era capaz de ir buscar nossa filha, que está cativa do Rei Mouro há dez anos!

O Rei chamou o pajem para conversar:
— Antônio, os mouros são nossos maiores inimigos. Raptaram a minha filhinha quando ela era ainda pouco mais que um bebê. Muitas vezes tentamos resgatá-la sem sucesso. É verdade que você disse que seria capaz de trazê-la de volta?

Antônia limitou-se a responder:
— Eu não disse nada parecido a isto, a rainha entendeu mal. Mas, se o rei assim determinar, eu partirei...

Antônia vestiu-se para a viagem, montou num cavalo e partiu. Parou na primeira curva da estrada e chamou:
— Valha-me aqui o meu padrinho!

O padrinho apareceu e lhe disse:
— Antônia, minha afilhada, não tema. Siga por este caminho e você vai dar numa Moirama e nela fica o Castelo onde está a princesa. Os guardas estarão em profundo sono. Entre, procure pela princesa: ela é a única pessoa que estará acordada. Tire-a de lá e volte, que nada de mal acontecerá. Há algo, no entanto, que você precisa fazer sem falta. Tome esta varinha: toque com ela nas costas da princesa três vezes, uma à saída da Moirama, outra quando pararem para descansar, no meio da jornada de volta, e a terceira quando estiverem de volta, já bem junto à ponte de entrada deste castelo.

Antônia partiu e seguiu todas as recomendações do padrinho, conseguindo resgatar a princesa. Quando pararam para descansar, Antônia tentou conversar com a princesa, que lhe respondeu somente por gestos: não falava, mas parecia saber que estava sendo levada de volta à sua casa e não estranhou quando Antônia a tocou com a varinha por três vezes.

De volta ao castelo, os dois foram recebidos com uma grande festa. O rei estava felicíssimo pela volta da filha. Por sua vez, a rainha estava profundamente contrariada. Não demorou nada e foi dizer ao rei:

– Querido soberano, nossa felicidade está quase completa! Só falta mesmo a nossa querida filha falar, mas Antônio disse que é capaz de realizar este feito...

O rei, muito contente, disse ao pajem:

– Antônio, que grande alegria você nos dará se for capaz de dar fala à minha filha. Como prêmio eu lhe concederei a mão da princesa em casamento.

Antônia disse então que poderia tentar aquele feito no dia seguinte. Naquela noite, chamou por seu protetor:

– Valha-me aqui o meu padrinho!

Apareceu o padrinho e disse-lhe.

– Não tema, Antônia. Amanhã, na frente da corte, simplesmente pergunte à princesa porque é que você a tocou com a varinha em cada etapa do caminho de volta à casa e ela responderá. Depois disso, ela terá voz para toda a vida. E você, minha valente Antônia, terá a tranquilidade que tanto merece.

Confiante nas palavras do padrinho, Antônia foi descansar e no dia seguinte compareceu diante do rei, da rainha e de toda a corte.

Dirigiu-se à princesa e perguntou:

– Princesa, por que a toquei com a varinha, à saída da prisão?

E, para surpresa de todos, a princesa respondeu:

– Para que eu hoje dissesse
que a rainha, minha mãe,

Antônia

perdida em seus desejos
tramou sua perdição.

Antônia voltou a perguntar:

– E por que a toquei com a varinha
No meio do caminho?

E a princesa disse:

– Para dizer em alta voz
Que o tão bondoso frade
Vem a ser, em realidade,
Santo Antônio, seu padrinho.

Por fim, Antônia fez a terceira pergunta:
– Pode, enfim dizer, por que a toquei com a varinha na entrada deste castelo?
Ao que a princesa respondeu:

– Acredite quem quiser,
Há outra revelação:
É que este pajem tão belo,
É na verdade... mulher!

Ficaram todos perplexos, especialmente o rei, que, percebendo que a rainha lhe era desleal, não a quis mais por esposa. O rei propôs, então, casamento a Antônia, que se tornou a soberana daquele reino. Foram felizes juntos e reinaram por muitos anos. Dizem que Santo Antônio continuou a vagar por aquelas terras, sempre se apresentando como um humilde frade e disposto a ajudar quem dele precisasse.

O gosto dos gostos

Era uma vez um rei que tinha três filhas. Um dia resolveu perguntar a elas:
– Qual de vocês gosta mais de mim?
A mais velha disse:
– Eu, que o quero tanto como ao ver dos meus olhos!
A do meio disse:
– Eu, que o quero como a mim mesma!
E a mais nova respondeu:
– Eu, que o quero como o gosto dos gostos, que é o das pedrinhas de sal.
E o pai, como o sal é muito salgado, e parecia insignificante, pensou que a filha mais nova não gostasse dele. Ademais, pensou que ela zombava dele. Expulsou a moça de casa e ainda mandou um criado matá-la. E que, de volta, lhe trouxesse a língua, como prova da morte da filha.
Bem, o que é que o criado fez? Levou um cordeiro e, no meio de um deserto, deixou a moça ao abandono, matou o cordeiro, tirou-lhe a língua e foi diante do rei mostrar que tinha cumprido a tarefa.
Então, assim ficou a princesa abandonada naquele deserto. Ela foi andando, andando e chegou a um palácio. Bateu na porta da cozinha e pediu trabalho. A cozinheira levou a moça até o rei. Bem, o rei disse que ela ficasse porque precisava de alguém para guardar patos.
No dia seguinte lá foi a moça guardar patos e começou a cantar assim:

– Pata aqui, pata acolá,
pata acolá, pata aqui,
filha dum rei a guardar patos,
é coisa que eu nunca vi.

Pata acolá, pata aqui,
pata aqui, pata acolá,
filha dum rei a guardar patos,
é coisa que já não há.

O rei desse lugar tinha um filho que começou a ouvi-la cantar e, com o passar dos dias se apaixonou por ela. A cada noite, o príncipe olhava pela janela do seu quarto no palácio e via a moça na cocheira, onde ela vivia, e a achava muito linda.

Mas, logo que o rei ficou sabendo dessa paixão do filho, mandou a moça embora. Nem queria pensar que o filho se fosse casar com a guardadora dos patos.

Ora, o príncipe depois da partida da moça, adoeceu e ficou muito mal, porque ele gostava mesmo muito dela.

O rei chamou médicos e mais médicos, mas nenhum curava o príncipe. Por fim, percebeu que o príncipe devia estar doente por causa da guardadora dos patos e mandou que a trouxessem de volta.

Ela veio e, claro, o príncipe curou-se logo, assim que a viu. O rei, com medo de o filho ficar doente de novo, resolveu arranjar o casamento dos dois e disse para a moça:

– Você vai casar-se com o príncipe. Já mandei fazer os convites e chamei todos os reis dos reinos vizinhos.

Bem, ela pensou que o pai também tinha sido convidado. Mesmo gostando de verdade do príncipe, ela impôs ao rei uma condição para se casar, dizendo assim:

– Aceito, mas com uma condição: a comida do casamento será feita pela minha mão, eu serei a cozinheira.

O gosto dos gostos

O rei estranhou que ela quisesse aquela trabalheira toda... Já o príncipe não estranhou nada, porque estava muito apaixonado e quem está apaixonado acha tudo tão normal. Chegou a véspera do casamento e lá se pôs a moça na cozinha do castelo a cozinhar. E, então, o que é que ela fez? Não pôs sal em toda a comida que seria servida ao pai dela. Nem uma pedrinhas, nenhum grãozinho sequer de sal. E reservou tudo o que o pai fosse comer num canto separado da cozinha do castelo.

O banquete da festa já ia adiantado, a moça metida na cozinha, vestida de noiva e tudo, ordenando os pratos, mandando servir. Na sala, o rei pai dela provou um dos pratos, logo o deixou de lado. Provou outro e deu-se o mesmo. Todos os outros convidados comiam com vontade só ele é que não. E vinha um prato e mais outro e mais outro. E ele sem comer nada. Então, o pai do príncipe vai junto dele e diz assim:

– Mas então, caro rei, meu vizinho, a comida está tão boa e não come?

– Mas não tem sabor nenhum! Não tem gosto de nada!

Nisto, a princesa aparece na sala, dirige-se ao pai, muito bem vestida com seu lindo vestido de noiva, e lhe pergunta:

– O pai não se lembra daquele dia em que eu disse que gostava tanto do meu pai como do gosto dos gostos, o sabor do sal?

Então ele a reconheceu e também reconheceu o erro que tinha cometido. Abraçou muito a filha e pediu perdão por não ter compreendido o que ela tinha dito. Agora, é que entendia que ela o amava e muito! O gosto dos gostos, o sabor do sal: uma coisa tão simples, mas que faz a comida ficar boa.

Só então é que começou mesmo a grande festa. Muito felizes todos: o pai do príncipe, porque a moça era princesa, os noivos porque se amavam, e o pai da moça porque tinha percebido seu erro e, além de tudo, tinha ganho da filha, ali na mesa do banquete, um saleiro cheinho de sal, para poder aproveitar aquela boa comilança...

As três irmãs

Era uma vez um rei, que gostava de passear pelas aldeias de seu reino para se divertir e para escutar o que dele dizia a população. Como durante o dia ele governava, era ao cair da noite que costumava sair, por uma porta traseira do palácio com seus dois amigos: o cozinheiro e o copeiro. Faziam bela figura os três: jovens, belos e alegres. Uma noite eles passaram por uma janela em que estavam três moças debruçadas olhando a rua. O rei logo gostou de uma delas e fez sinal aos outros para virarem com ele a esquina mais próxima e darem a volta para chegar novamente embaixo da mesma janela. Assim o fizeram. Quando voltaram as moças tinham entrado na sala, mas a voz delas se podia ouvir bem da rua e eles deixaram-se ficar por ali:

– Ai, vocês viram que bonitos aqueles três rapazes que passaram? – disse uma.

– Bonitos é muito pouco, eles eram mesmo lindos, pareciam até gente da casa real – disse outra.

– Olhem, que de repente são mesmo! Dizem que o rei anda pela noite, passeando por seu reinado, acompanhado de seus amigos, o cozinheiro e o copeiro da casa real... – disse a terceira.

O rei arregalou os olhos e os amigos fizeram sinal para irem-se embora os três, mas o soberano nem se mexeu, interessado que estava no prosseguimento da conversa. Foi quando uma das moças disse:

– Pois se fossem mesmo eles três, eu gostaria de me casar com o cozinheiro real. Nunca faltariam na minha mesa os mais ricos manjares. Hummm...

Outra delas resolveu também se pronunciar:
— Já eu gostaria de me casar com o copeiro, porque adoro licores e poderia beber sempre dos mais finos!
E a terceira não fez por menos:
— Não brigaremos nunca, então, minhas irmãs, porque eu gostaria de casar-me com o rei, a quem eu daria três lindos filhos, cada um com uma estrela dourada na testa!
Seguiram-se muitas risadas e logo depois ouviu-se barulho de pratos e colheres: era hora da sopa, prato dos pobres, que alimenta e revigora após um dia todo de trabalho.
Foram embora os três rapazes, de volta ao palácio.
No dia seguinte, o rei deu ordem para ir seu mensageiro de maior confiança até aquela específica casa e para de lá trazer à sua presença três moças que eram irmãs.
Assim foi feito e as moças compareceram diante do rei que, sentado no trono, no mais luxuoso salão do palácio, aguardava, ladeado pelos seus amigos, o cozinheiro e o copeiro.
— Então, minhas jovens, ao que parece vocês manifestaram o desejo de se casarem, não foi mesmo?
As três ficaram muito sem jeito, olhando para o chão.
Então o rei resolveu encorajá-las:
— Vamos lá, vocês são tão bonitas, e ontem eu mesmo ouvi vocês conversando na sala de sua casa, não precisam ficar envergonhadas. Qual de vocês disse que gostaria de se casar com o cozinheiro real?
Uma das moças se adiantou sem dizer uma só palavra, vermelha como uma beterraba.
— Pois bem, cozinheiro real, conheça sua futura esposa.
E voltando-se para as outras duas, disse:
— E de vocês duas, qual foi a que disse que gostaria de se casar com o copeiro real?
Uma das duas respondeu, muito encabulada:

As três irmãs

— Eu, Vossa Majestade... fui eu.

O rei, então, respondeu já rindo:

— Pois então, menina licoreira, aqui tem o seu futuro marido — e apontou para o copeiro, que veio logo para junto da moça.

Restou a terceira moça, que encarava o rei já temendo algum castigo...

— Então sobrou a menina, não é? — disse o rei — Deve ser a que quer se casar comigo, ou me engano?

A moça respondeu com coragem:

— Sou eu, sim senhor. Posso ser castigada por isso, mas foi o que eu disse e o mantenho: queria casar-me com o rei.

Fez-se um silêncio muito grande, tão grande que se poderia escutar uma mosca voando se houvesse mosca por ali. Então, depois de alguns minutos o rei começou a rir:

— Muito valente essa minha noiva! Pois bem, seja feita a sua vontade também: caso-me com você. Façamos, então, um casamento triplo, com festa para todos os súditos por três dias.

Assim foi. Passou-se algum tempo e a atitude do rei mostrou-se mesmo acertada: os três casais davam-se às mil maravilhas.

Até que um dia, as duas irmãs casadas com os maridos que elas mesmas tinham escolhido — o cozinheiro real e o copeiro real — e com quem eram bem felizes, começaram a lamentar não terem, cada uma delas, escolhido o próprio rei como marido.

— Pois se era tão fácil — dizia a mulher do cozinheiro — bastava ter sido eu a dizer que queria o rei e hoje seria eu a rainha...

— Ou eu — retrucava a mulher do copeiro — como fui me contentar com pouco... escolher o copeiro por conta de licores? Veja bem, como se alguém passasse o dia a beber licores.

Santo Deus, onde estava eu com a cabeça que não disse logo naquela noite que queria me casar com o rei!

Bom, ficavam nessas conversas horas perdidas, depois voltavam atrás, envergonhadas uma da outra e punham-se a falar muito bem dos maridos, dizendo como eram talentosos, carinhosos, prestimosos, garbosos... até enjoava ouvir o desfiar de tantos elogios....

Enquanto isso, a irmã rainha não pensava em nada disso: era feliz, simplesmente, e estava grávida pela primeira vez.

Ocorre que, nesta altura, estourou uma guerra numa das fronteiras do reino e para lá foi o rei com seu exército. Chamou as cunhadas à sua presença:

– Minhas cunhadas, devo partir para a guerra. Não seria justo enviar o exército e não ir lutar pessoalmente. Deixo sua irmã, a rainha, a seus cuidados. Espero voltar antes que ela dê à luz o nosso filho, mas nada posso garantir. Assim sendo, quem melhor do que vocês para ficarem junto dela? Confio plenamente em vocês.

Logo a seguir, despediu-se da rainha e partiu.

Como ele previra, levou muitos meses a voltar e, chegada a hora do parto, as irmãs, de comum acordo, conversaram com a parteira, que era uma mulher com alguma fama de má, e convenceram-na a ajudá-las num plano horrível: sumir com o filho da irmã, deixando em seu lugar um animal qualquer, para intrigar a rainha com o marido.

Assim foi, só que a rainha deu à luz a gêmeos. Muito esgotada pelo parto, ela desmaiou quase de imediato, não chegando a ver os filhinhos, dois meninos lindos. A parteira saiu apressada. No quintal do palácio encontrou uma cadela recém-parida e tomou-lhe dois dos filhotes, que meteu num cesto que levou de volta para o quarto da rainha. No mesmo cesto pôs os dois meninos e os levou até o rio mais próximo. Ali, olhou bem para os lados para ver se não havia testemunhas e, constatando que estava só, jogou o cestinho na água sem dó.

Acontece que, rio abaixo havia um moinho, e o moleiro, vendo que a roda d'água parara de girar de repente, saiu e viu um cesto preso bem na base da roda. Puxou o cesto e achou dentro dele os dois menininhos, que choravam alto, de frio e fome. Muito devoto de Nossa Senhora, o moleiro achou logo que era um milagre. Tão só ele vivia e tanto desejava uma família e agora ali estavam dois bebês: uma família inteira chegada de uma só vez.

Ao banhar os meninos, reparou que, na testa de cada um reluzia uma marquinha dourada em forma de estrela, o que reforçou no moleiro a certeza de que as crianças haviam chegado às suas mãos por milagre. No primeiro domingo, levou-os à igreja e não tendo a quem chamar para madrinha, evocou Nossa Senhora para que cumprisse esse papel.

Foi um domingo de grande alegria para o moleiro, enquanto que, para a rainha e para o rei, que chegara da guerra, foi um dia de pesar.

As cunhadas disseram ao rei e à rainha que haviam testemunhado o parto e que a rainha dera à luz aqueles dois cachorrinhos, conforme podia confirmar a parteira ali presente...

Foi grande a tristeza, mas o rei e a rainha se amavam muito e verdadeiramente e souberam superar a dor. Poucos meses depois, a rainha estava novamente grávida.

Uma vez mais o rei precisou ir à guerra e chamou as cunhadas para que cuidassem da rainha naquele momento difícil. E aconteceu tudo novamente como da vez anterior. A pobre rainha teve uma linda menina, com uma estrela dourada bem na testa. A cruel parteira achou logo uma gata recém-parida, roubou-lhe uma gatinha da ninhada, que pôs ao lado da rainha, usando o mesmo cesto em que havia transportado a gatinha para colocar o bebê, que foi jogado ao rio do mesmo jeito que seus irmãozinhos.

O cestinho foi dar à mesma roda daquele mesmo moinho d'água e o moleiro, emocionado e feliz, acolheu prontamente a nova filha.

Já no palácio, tudo correu muito mal. O rei, retornado da guerra e informado pelas cunhadas e pela parteira que a rainha tinha dado à luz uma gata, ficou furioso, realmente.

Ofendeu a rainha de maneira horrível e ordenou que ela fosse enterrada até a cintura bem na porta do palácio, assim todos os que passassem poderiam insultá-la e cuspir nela! A pobre rainha foi arrancada do leito e levada pelos guardas para o cruel castigo. Só que, no momento em que terminaram de prendê-la ao solo, todos no castelo e em seus arredores ficaram encantados: presos na teia de um tempo que não voltou a passar. No encantamento, todos os dias da corte passaram a ser iguais. A pobre rainha era insultada e cuspida pelos que passavam, as duas irmãs passavam o tempo todo em intrigas no palácio. O rei não voltou a receber notícias de nenhuma guerra, nem mais notícia nenhuma de nada. O cozinheiro cozinhava, o copeiro servia licores, mas nada de novo voltou a acontecer e ninguém ali percebeu nada.

Já no moinho, o tempo passava, feliz e rapidamente. As crianças cresciam lindas como os amores e o pai adotivo vivia contente.

Num belo dia, quando o moleiro saiu para levar a farinha moída para uma aldeia vizinha, as crianças foram visitadas por uma velhinha, que bateu à porta para pedir um pedaço de pão. Mandaram que ela entrasse e repartiram com ela sua refeição. Antes de partir, ela disse:

– Queridas crianças, vocês estão crescendo tão bem! Benza-os Deus. Lindos estão os meus meninos, linda está a minha menina. Vou partir, mas não os esqueço nunca. Se

As três irmãs

algum dia se virem em aflição, digam "Valha-me aquela pobrezinha" e eu virei em seu socorro.

Nem bem a velhinha partiu e o pai adotivo voltou da rua e ouviu a história da visita que acabara de deixar o moinho.

– Ah, meus filhos, essa era, com certeza, Nossa Senhora, madrinha de vocês! Lembrem-se do que ela disse. Já estou velho e cansado. Em breve vocês estarão por sua própria conta. Contem sempre com sua madrinha, lembrem-se de suas palavras.

Pouco tempo depois o moleiro adoeceu gravemente e as crianças resolveram chamar pela velhinha.

– Valha-me aquela pobrezinha!, exclamou a menina.

E pouco depois bateu a velhinha à porta da casa do moleiro. Viu o pai e disse às crianças que ele ficaria bem, mas que eles deveriam ir ao castelo do Rei e teriam de trazer de lá três penas do papagaio que encontrassem no jardim real. Antes da partida, a velhinha deu a cada um deles uma pedrinha mágica, para ser usada em caso de necessidade: bastaria jogar a pedrinha e fazer o pedido, que ele seria realizado.

Partiram os três irmãozinhos em direção ao castelo do Rei. Chegando ao castelo, viram logo a entrada para os jardins. Haviam andado muito, tinham fome e sede. No meio do jardim havia uma fonte e ali foram os três para beber água. As duas tias estavam conversando encostadas a uma das janelas quando viram algo brilhar em seus olhos: ao olharem na direção da fonte viram as crianças com seus sinais brilhantes nas testas e logo adivinharam que se tratava de seus sobrinhos. Desesperadas, entraram pelo palácio em busca da parteira.

Nem bem as crianças mataram a sede, viram andando em sua direção uma mulher, que eles não sabiam, mas nós saberemos que era a cruel parteira! Ela se fez de muito gentil e foi logo dizendo a eles:

– Ó, que bom ver crianças por aqui! Será que um de vocês pode entrar naquele bosque ali para apanhar o papagaio real que fugiu?

Ao ouvirem mencionar um papagaio, as crianças ficaram muito felizes. Um dos meninos se adiantou e entrou no bosque. Irmão e irmã ficaram à espera por longos minutos, que se tornaram horas...Então o segundo irmão resolveu entrar no bosque para encontrar o irmão gêmeo, e nada de voltar. A menina, então, tomou coragem e entrou também no bosque.

Caminhou um pouco e viu dois belos leões de pedra que pareciam tomar conta do bosque. Como eram bonitos, pareciam até vivos. A menina desejou tocar um dos leões, aproximou-se e acariciou a juba, que, mesmo feita de pedra tinha uma aparência de macia. Ela olhou para os olhos do leão:

– Mas que olhos tão belos, parece até que este leão está querendo me dizer alguma coisa...

Então, ela notou, na testa do animal, uma estrela... Olhou para o outro leão: dois leões com estrelas na testa. Ela se assustou:

– Será possível? Irmãos, irmãos, são vocês? Alguém os encantou em bichos?

A expressão de súplica nos olhos dos leões fazia com que ela tivesse certeza de serem eles! Muito aflita, a menina tirou a sua pedrinha mágica do bolso e jogou-a sobre um dos leões, dizendo:

– Leão, leão, volte a ser o meu irmão!

E o irmão se desencantou. Levantou-se ainda a custo, passou as mãos pelos cabelos, como se ainda pudesse sentir ali uma juba. A menina gritou:

– Rápido, rápido, nosso outro irmão ainda está encantado e eu já usei minha pedra mágica, por favor use a sua agora.

O menino, então, jogou sua pedrinha mágica sobre o outro leão dizendo:

– Leão, leão, volte a ser o meu irmão!

As três irmãs

E o segundo menino se desencantou também. Depois que ele se sentiu bem, os três foram juntos na direção da saída do bosque.

Já de volta ao jardim eles viram um papagaio, que voava sobre suas cabeças.

– Vejam, irmãozinhos – disse a menina – o papagaio real!

O terceiro irmão, que ainda tinha sua pedra mágica, jogou-a na direção da ave dizendo:

– Ó papagaio real,
Quero três penas somente,
pois meu pai está doente,
precisa curar seu mal.

Caíram três penas, que foram recolhidas pelo rei, que passava por ali naquela mesma hora. Ele viu aquelas crianças, tão belas com sua estrela dourada na testa, e pareceu se lembrar de alguma coisa, mas não sabia bem de que. Disse, então, num impulso:

– Que crianças tão lindas, que bom que estão de visita ao jardim real. Muito prazer, sou o rei. Entrem, vamos comer qualquer coisa juntos. Vocês serão meus convidados.

As crianças, que tinham já muita fome, entraram com o rei e viram uma mesa já posta, porque era quase hora do jantar. O rei ordenou que pusessem mais três pratos, para servir às crianças, suas convidadas.

O papagaio real entrou voando e pousou no ombro da menina, para surpresa geral.

Passados alguns minutos, a ave segredou ao ouvido da menina:

– Não comam nada, há veneno na comida. Mas quando perguntados digam ao rei que não comerão, porque não está presente a mãe de vocês.

A menina contou ao irmão, o que o papagaio dissera. Na primeira oportunidade, o irmão tratou de dizer tudo ao seu irmão gêmeo.

Minutos depois, todos foram servidos, mas as crianças não se mexeram para comer nada. O rei, surpreso, perguntou:
— Então, crianças, não têm fome?
A menina respondeu pelos três:
— Fome temos, Majestade, e muita. É que não podemos comer sem estar a nossa mãe conosco.
O rei então disse:
— E onde está ela?
Nessa altura, o Papagaio foi para o centro da mesa e disse:

"A pobre mãe enterrada,
sujeita à humilhação.
Os filhos abandonados,
sem sequer contemplação
O cuidado do moleiro
os criou com correção.
Nem frio, carência ou fome
sofreram, nem aflição.

A honradez dessa mãe
impediu sua visão,
não viu a maldade perto,
das irmãs sem coração.

A parteira, bruxa má,
encantou a pobrezinha,
e também envenenou,
aqui esta comidinha.

E o senhor rei tão esperto,

merecedor de honraria,
como foi que não notou
a tamanha aleivosia?
Nossa Senhora, madrinha
dessas três nobres crianças,
enviou-me para dizer,
a verdade sem tardança"

Deu-se então, um rebuliço ali mesmo: a parteira pôs-se em fuga e foi morta pelos guardas reais com três flechadas certeiras. O rei ordenou o imediato desenterramento da rainha e que fosse trazida ali.

Quando a rainha foi tirada da terra, o encantamento que prendia o castelo e todos nele foi desfeito e o tempo voltou a andar ali como em toda a parte do mundo. Pouco depois, o rei se apercebeu de todos os anos que tinha durado o encantamento e de como fora injusto. A rainha apareceu no salão e pode abraçar seus filhinhos pela primeira vez. O rei pediu perdão à rainha na frente de todos, e ela o perdoou, reconhecendo que também ela não fora, em sua imensa bondade, capaz de perceber a inveja das irmãs, nem de prever a que ponto chegaria a perversidade delas. O rei, investido em justa ira, obrigou as duas cunhadas, ali mesmo, a comerem a comida envenenada que mandaram servir para as crianças. Poucos minutos depois, elas morreram.

As crianças pediram para que fossem logo levadas ao pai adotivo as três penas do papagaio real, o que o rei ordenou que fosse feito de imediato. Dias depois, o moleiro já recuperado, bom de tudo, chegou às portas do palácio e foi recebido pelo rei como se fosse um verdadeiro pai. De vez em quando visitava aquela família uma velhinha, que, dizem, era Nossa Senhora. Será? Verdade ou não, de uma coisa temos certeza:

aquela família viveu sempre com muito amor e harmonia e todos nela foram felizes por muito, muito tempo.

Cravo, rosa e jasmim

Houve, há muito tempo atrás, uma família feliz: mãe e três filhas lindas como os amores. Um dia foi a filha mais velha passear junto ao rio e viu dentro da água um cravo. Debruçou-se para apanhá-lo e ali mesmo desapareceu. No dia seguinte, foi a irmã do meio passear no mesmo lugar e, olhando para o leito do rio, viu uma rosa no fundo d'água. Tentou apanhar a flor e ali mesmo desapareceu. Por fim, a mais nova das irmãs teve o mesmo destino, por querer apanhar um jasmim que enxergara nas profundezas do rio. A mãe ficou muito triste e desconsolada, mas ainda teve, para mitigar a sua dor, um outro filho que, com o passar dos anos, tornou-se um belo rapaz.

Intrigado com a tristeza permanente da mãe, o filho perguntou-lhe um dia pelo motivo de tantas lágrimas. Ao saber do misterioso desaparecimento das irmãs disse:

– Minha mãe, dê-me a senhora sua bênção que partirei por esse mundo à procura de minhas irmãs.

Assim foi: a mãe o abençoou, arrumou-lhe com o que havia de comida em casa um bom farnel e o rapaz foi pela estrada. No caminho o jovem viajante encontrou três homens que brigavam com grande alarde. Chegou perto e perguntou do que se tratava. O primeiro deles disse:

– Sabe o que é, meu rapaz? Meu pai tinha umas botas, um chapéu e uma chave, que nos deixou de herança...

Continuou o segundo deles:

— Isso mesmo! As botas, em a gente as calçando, basta dizer: "Botas, botem-me em tal lugar", que aparecemos já no lugar que escolhemos.

O terceiro irmão falou da chave:

— Já esta chave, abre todas as portas do mundo. E o chapéu é capaz de ser a melhor das três coisas, porque torna invisível quem o põe sobre a cabeça.

Tornou o irmão mais velho:

— E tudo me pertence, porque sou eu o mais velho!

— Nada disso — disse o irmão do meio — tem de ser uma coisa para cada um. São três coisas e somos três!

E o mais novo disse:

— Eu prefiro o chapéu, sem dúvida. Sou o irmão mais novo, nosso pai, se fosse vivo, me deixaria escolher...

O jovem viajante disse:

— Ah, isso é fácil de se resolver! Atiro esta pedra para bem longe, quem primeiro a apanhar e voltar aqui decide o que fazer, e os outros aceitam o que o vencedor decidir!

Os três irmãos acharam a saída muito boa. O jovem viajante, esperto como só ele, postou-se no alto do morro em que estavam e jogou a pedra longe e... para baixo. E os três irmãos correram morro abaixo atrás dela. Enquanto isso, o rapaz pegou chapéu e chave, calçou as botas e disse:

— Botas, botem-me no lugar onde está minha irmã mais velha!

Imediatamente achou-se numa montanha dominada por um imponente castelo. Subiu a montanha e chegou ao castelo, que estava todo envolvido por uma corrente grossa, presa por um cadeado enorme. Tomou a chave, colocou-a no cadeado e nem precisou girá-la: ele se abriu. Ele foi castelo adentro, andou por salas e corredores, até que encontrou uma mulher muito bela e bem vestida, que costurava junto a uma janela. Ao vê-lo ela se assustou e gritou:

— Rapaz, o que faz aqui? Como pode entrar? O que quer? E já estava correndo para se proteger quando o rapaz disse:

— Calma, minha irmã! Sou seu irmão, nascido anos após o seu desaparecimento. Vim em busca de notícias. Nossa mãe sofre desde o dia em que você saiu a passeio e não voltou para casa.

A irmã ficou muito feliz em saber que aquele bonito rapaz era seu irmão que vinha visitá-la e trazer notícias da casa de sua mãe. Contou a ele que era muito feliz ao lado do marido, tendo somente um desgosto: ele vivia sob um encantamento que só seria quebrado quando morresse o chamado 'homem que tem o condão de ser eterno'.

— Como é isso, minha irmã? Se é homem, não pode ser imortal!

Mas ela respondeu que só sabia isso.

Conversaram horas a fio, até que ela pediu ao irmão que fosse embora. O marido poderia chegar e, encontrando-o ali, fazer-lhe algum mal.

— Não tenha cuidados, minha irmã. Tenho aqui comigo este chapéu mágico, que me torna invisível.

Dali a pouco ouviu-se barulho junto à porta e o rapaz colocou o chapéu na cabeça, ficando invisível de imediato.

A porta se abriu e entrou voando um pássaro. A irmã do rapaz saiu da sala e voltou com uma grande bacia dourada. A seguir trouxe um jarro também dourado e dele despejou água sobre a bacia. O pássaro entrou na água e num instante transformou-se num homem muito formoso.

O rapaz, invisível que estava, quase gritou de susto.

O homem cumprimentou a linda senhora e disse:

— Que bom voltar para casa, querida!

Alguns minutos depois, no entanto, ele voltou-se para ela e disse:

— Mas aqui esteve gente!
Ela negou, ele insistiu, ela voltou a negar, ele voltou a insistir e ela, por fim, contou a verdade: tinha vindo seu irmão a visitá-la, saber notícias suas e trazer novas da casa de sua mãe.
— Ah, seu irmão será sempre benvindo. Você o deixou ir embora? Que pena! Só por ser seu irmão já o estimo. Se voltar, por favor diga-lhe que espere pela minha volta, quero conhecê-lo!
O rapaz, ouvindo isso, mais do que depressa tirou o chapéu mágico e apresentou-se ao cunhado, que o convidou a cear. Conversaram e realmente se estimaram muito.
O rapaz pernoitou no castelo. Na manhã seguinte, ao se despedir da irmã e do cunhado, este lhe disse:
— Meu rapaz, você já é parte da minha família. Quando se vir em alguma aflição, diga: "— Valha-me, Rei dos Pássaros!" e eu irei em seu socorro.
O rapaz se despediu e partiu. Fora do palácio do Rei dos Pássaros, calçou as botas e disse:
— Botas, botem-me na casa de minha irmã do meio!
Viu-se de repente diante de um belo castelo, no alto de um rochedo e cercado pelo mar. Além do lugar de difícil acesso, o castelo também estava acorrentado por fora e fechado a cadeado. Usou a chave mágica, abriu a porta e entrou pelo castelo até encontrar uma mulher muito bela, que, sentada, lia um livro. Tão entretida ela estava, que custou a dar-se conta da presença do rapaz. Tomou um grande susto então, mas o irmão logo a tranquilizou:
— Senhora, não tema! Sou seu irmão. Anos depois de seu desaparecimento, nas águas do rio, nossa mãe teve outro filho. Sou eu que, agora adulto, saí pelo mundo em busca de minhas irmãs...
A mulher quis saber tudo: como estava a irmã mais velha, e a irmã mais nova, o que acontecera com ela. — E ele, como chegara até ali? Nunca antes tivera outra visita.

O irmão contou-lhe tudo e passaram horas conversando, até que ela pediu-lhe que partisse: estava quase na hora da chegada do marido e ele poderia fazer-lhe mal se o visse ali. O rapaz contou-lhe sobre o chapéu encantado e assim estiveram conversando alegremente até que se ouviu um barulho de ondas se quebrando violentamente contra os rochedos. A irmã pediu que ele se escondesse e o rapaz colocou seu chapéu mágico.

Ela se retirou, voltou com uma bacia prateada nas mãos e com um jarro também prateado. Verteu água sobre a bacia e a colocou junto à janela. Dali a pouco entrou pela janela um grande peixe prateado que pulou diretamente dentro da bacia. Momentos depois tornou-se um garboso homem, que cumprimentou a mulher amavelmente:

– Viva, meu amor! Que dia no mar, querida! Mas... andou gente por aqui.

Ela contou-lhe, então, que seu irmão havia passado a visitá-la. Um gentil rapaz, nascido depois da partida dela e que trouxera notícias de sua mãe e de suas irmãs.

O marido perguntou-lhe se o irmão já havia partido e o rapaz, tirando o chapéu, apresentou-se ao cunhado.

Deram-se muito bem, jantaram juntos e o rapaz foi convidado a pernoitar no castelo.

Na manhã seguinte, antes de partir, o marido da irmã lhe disse:

– Ah, bem gostaria eu de também viajar pelo mundo! Mas um encantamento me transforma em peixe durante todo o dia, voltando a ser homem apenas à noite. Bom, ao menos sou o Rei dos Peixes...

O rapaz perguntou, então:

– Mas não há como mudar isso? Como quebrar esse encanto?

O Rei dos Peixes suspirou:

– Antes houvesse! Para quebrar o encanto, só se morresse o 'homem que tem o condão de ser imortal'.

O rapaz lembrou-se do que dissera a irmã mais velha e pôs-se a pensar. Mas seus pensamentos foram interrompidos pelo cunhado, que se despedia dele dizendo:

– Tome aqui esta escama. Quando se vir em algum apuro, diga: "-Valha-me Rei dos Peixes!" e eu aparecerei para ajudá-lo.

O rapaz deixou o castelo, calçou as botas e disse:

– Botas, botem-me na casa de minha irmã mais nova!

Num instante o rapaz se viu não diante de um castelo ou casa, mas sim em frente a uma caverna escura. Olhou em volta e não viu nenhuma outra construção por perto. Então, entrou na caverna. Lá dentro andou tateando as paredes úmidas e escuras até achar grades de ferro que fechavam um caminho descendente. Apalpando as grades achou uma fechadura e usou a chave mágica para abri-la. A porta de ferro fez muito barulho ao ser aberta. O rapaz seguiu por uma escada de pedra que descia para um lugar muito mais escuro ainda. Logo ouviu o barulho de alguém chorando, era uma mulher e dizia, entre soluços:

– Há alguém aí? Quem quer que seja, tire-me daqui! Salve-me, por favor! Estou prisioneira aqui embaixo!

O rapaz chegou então a um calabouço iluminado só por uma vela, onde se encontrava uma mulher muito magra e vestida com farrapos.

Ele se apresentou, contou sua história e também das duas irmãs mais velhas, que achara bem e felizes, só com o desgosto de não saberem como desencantar seus maridos. A irmã mais nova então disse:

– Ah, que sorte têm as minhas irmãs! Eu caí ao rio, tentando apanhar um jasmim que vi no fundo d'água e a seguir me vi aqui. Sou prisioneira de um monstro, um velho horrível que quer se casar comigo a todo o custo. Como eu o rejeito, trata-me mal todo o tempo. E ri-se de mim: diz que eu nunca mais terei minha liberdade porque ele é eterno!

Assim que o irmão ouviu isso lembrou-se do encantamento dos cunhados, que estavam encantados e presos à vida de um 'homem que tinha o condão de ser eterno'. Então era esse o monstro que aprisionava a irmã mais nova!

O rapaz falou para a irmã no chapéu mágico e suas propriedades. Disse a ela que prometesse casar com o monstro, contanto que ele lhe dissesse o que é que o fazia eterno.

A moça se sentiu muito animada e queria perguntar mais sobre os planos do rapaz, mas então o chão começou a tremer e ele pôs logo o chapéu na cabeça, ficando invisível.

Entrou no calabouço um velho muito feio, que foi logo dizendo à moça:

— Como está a minha noiva hoje? Já está resolvida a casar comigo, ou vai continuar com essa choradeira?

A moça não respondeu nada, e recomeçou a chorar.

— Chore, chore, mas chore mesmo, porque você terá que chorar todo o tempo que o mundo for mundo, porque eu sou eterno!

A moça então parou e disse:

— Você diz que é eterno, mas homem nenhum é eterno.

— Pois eu sou – respondeu o velho.

— Então me caso com você se me disser o que é que o faz eterno.

O velho desatou numa risada horrenda.

— Ah, que ingenuidade! Será que a mocinha pensa que pode me matar? Então está bem, façamos um trato: eu conto a você o que me faz eterno e você em troca se casa comigo.

A moça até tremeu, mas com a certeza de que o irmão estava ali escutando tudo ela confirmou:

— É isso mesmo. Caso sim!

O velho pensou um pouco, e então disse:

— Saiba você que no fundo do mar existe um caixote de ferro. Dentro do caixote está uma pomba branca. Dentro da pomba tem um ovo e dentro deste ovo está minha vida, que só se extinguiria se alguém quebrasse aquele ovo na minha testa.

A moça sentiu as pernas enfraquecerem: era mesmo impossível matar aquele homem! E ele continuou:

— Muito bem, agora você vai se casar comigo. Trarei boas roupas e você terá três dias para se preparar para nosso casamento.

O velho saiu e voltou dali a pouco carregando um baú:

— Aí está o seu enxoval, eu o guardei para você durante esses seus anos de teimosia. Você tem três dias para se arrumar. Quando eu voltar nos casaremos.

E foi embora muito contente.

Logo depois, o rapaz tirou o chapéu e apareceu na frente da irmã. Disse que ela tivesse esperanças, porque em três dias estaria livre. Calçou as botas e disse:

— Botas, botem-me na beira do mar!

Achou-se logo à borda d'água. Pegou na escama e disse:

— Valha-me aqui o Rei dos Peixes!

Apareceu logo um peixe e falou com ele: era o cunhado a quem o rapaz contou todo o acontecido desde que saíra de seu castelo.

O Rei dos Peixes então, mandou virem todos os peixes do mar à sua presença. Algum tempo depois aquela praia encheu-se de peixes, todos prontos a acatar o que dissesse seu rei. Por último chegou uma pequena sardinha, muito afobada, desculpando-se pelo atraso:

— Majestade, perdão! Atrasei-me porque embiquei num caixote de ferro que estava no fundo do mar, e até machuquei aqui esta minha barbatana...

Cravo, rosa e jasmim

O Rei dos Peixes logo percebeu que deveria ser aquele o caixote que ele precisava encontrar, o que continha a tal pomba, que tinha dentro o ovo que quebrado na testa do monstro quebraria os encantamentos todos que este tivesse lançado...Ordenou que um cardume de peixes graúdos acompanhasse imediatamente a sardinha de volta ao lugar onde ela tinha esbarrado no caixote de ferro, que o pegassem e o trouxessem para ali.

Logo vieram os peixes trazendo o caixote e o pousaram na praia. O irmão das jovens agradeceu muito ao cunhado Rei dos Peixes e, tomando da chave mágica, girou-a na fechadura, abrindo a tampa.

Com isso, fugiu de dentro a pomba branca, voando para o alto céu, sem que o rapaz a pudesse agarrar. Lembrando-se da promessa do cunhado Rei dos Pássaros, o rapaz tomou então da pena que ele lhe dera e disse:

– Valha-me aqui o Rei dos Pássaros.

Apareceu-lhe de imediato, voando, seu cunhado, a quem o rapaz contou tudo o que aconteceu desde que deixara o seu palácio. O Rei dos Pássaros mandou vir à sua presença toda a passarada. Pouco depois, o céu ficou coalhado de aves das mais diversas. Estavam todas, menos uma pombinha branca. Algumas horas depois, enfim chegou a pombinha, que estava aflita por desculpar-se:

– Majestade, minhas desculpas. Imagine que eu ouvi o seu chamado, e já fechava a porta de minha casinha para vir para cá, quando chegou uma velha amiga pomba, pobrezinha, que nem pode atender ao seu chamado, de tão exausta está: esteve presa a coitadinha num caixote no fundo do mar por muito tempo. Arranjei-lhe algo de comer e deixei-a descansando.

O Rei dos Pássaros logo percebeu tratar-se da pomba que ele procurava. Ordenou então que a pombinha levasse seu cunhado até a sua casa e a apresentasse à sua amiga pomba.

Assim foi feito. Quando o rapaz chegou à casa da pombinha, encontrou a ex-prisioneira já descansada e tendo botado um ovo. Explicou-lhe o caso e a dona do ovo cedeu-o.

Ele então calçou as botas, pôs o chapéu na cabeça e disse:
— Botas, botem-me no calabouço onde está minha irmã mais nova.

Assim, chegou já invisível, ao calabouço.

Três dias haviam se passado desde que deixara a irmã sozinha. Quando se viu no calabouço o irmão a viu vestida em belas roupas e sentada à espera do seu indesejado casamento. Mal teve o irmão o tempo de anunciar sua chegada e instruir a irmã quanto ao que deveria fazer e já ouviram-se ruídos de grades sendo movidas. O velho monstro chegava para o casamento. Ainda bem que a irmã era esperta e entendeu direitinho e que havia de fazer. Ao vê-la o monstro entusiasmou-se:
— Oh, que bonita está, minha noiva!

Ela forçou um sorriso e ele continuou:
— Pois é, eu já duvidava que este dia chegasse. Como você foi teimosa! Mesmo imortal eu já estava me sentindo bem cansado. Aliás, ando tão cansado nos últimos dias...

A moça e o irmão logo pensaram que a retirada do caixote das profundezas do mar, a libertação da pomba e a retirada do ovo de dentro dela deviam causar aquilo. A moça reagiu rapidamente:
— É mesmo? Cansado? Ah, eu sinto muito. Realmente espero que me desculpe. Eu levei tempo a perceber as suas boas qualidades. Mas agora tudo será diferente. Por que o meu noivo não toma aqui um assentinho ao meu lado?

O monstro, que era apaixonado por ela, ficou contente e sentou-se ao lado da noiva. Mas ainda assim reclamou:
— Ah, mas estou mesmo cansado...

A moça sorriu:

– Então faça assim, deite aqui a cabeça no meu colo um pouquinho. Descanse alguns minutos antes do casamento e você logo se sentirá melhor... assim poderá aproveitar cada minuto do nosso casamento!

O velho, sem desconfiar de nada, assim o fez. Tão logo ele cerrou os olhos, ela pegou o ovo da mão do irmão e estatelou-o na testa do velho, que deu um urro medonho e morreu.

A moça partiu com o irmão, passaram pelo castelo da irmã do meio e encontraram marido e mulher muito felizes: estava quebrado o encanto do Rei dos Peixes. Agora ele poderia ser homem todo o tempo. Dali foram todos ao castelo da irmã mais velha, onde também se festejava o final do encantamento do Rei dos Pássaros, que também podia ser homem todo o tempo.

Foram todos então fazer uma surpresa à mãe das três moças e do esperto rapaz. Festejaram por semanas a fio a união da família e a felicidade plena que enfim chegara!

O cordão de ouro

Vivia pobremente uma família composta por mãe e três jovens filhas. Um dia uma senhora de aspecto bondoso mudou-se para a casa vizinha. A senhora era sempre vista ocupada e contente, costurando ou bordando junto à janela. Um dia ela bateu à porta das vizinhas e conversou com a mãe de família:
– Bom dia, minha senhora. Como vai? Estou com muitas costuras para terminar. Será que poderia mandar para me ajudar uma de suas meninas?
A mãe das moças logo se prontificou e, no dia seguinte, mandou a filha mais velha para ajudar a boa vizinha.
O dia passou, com muitos trabalhos para a moça executar. Ao meio da tarde ela começou a sentir um cheiro delicioso, vindo da cozinha: era a senhora a preparar um lauto jantar. Depois do preparo, a mocinha viu a vizinha pegar uma grande bandeja, colocar sobre ela vários pratos e vasilhas de comida, cobrir tudo com um pano e sair porta afora. Espiando pela janela, viu ainda a vizinha bater na porta da casa de sua mãe e oferecer numa bandeja aquele verdadeiro banquete. A mocinha, então, pensou com seus botões:
– Ah, que sorte a minha! Agora vou parar com essa trabalheira e jantar também!
Mas, ao contrário do que esperava, o jantar não veio. A vizinha deu-lhe um pedaço de pão do tamanho de uma avelã e nada mais.
Horas depois, a mocinha tornou a casa, com o pagamento do dia e uma raiva tremenda.

Disse para a mãe e as irmãs:
— Não volto mais à casa da vizinha, de jeito nenhum! Ela quase me mata de fome! Que horror!

A vizinha, que em realidade era uma fada, pode por artes mágicas ouvir tudo o que se dizia na outra casa. Após escutar a opinião da mocinha, disse para si mesma:
— Esta já não me serve.

No outro dia, a vizinha fada falou novamente com a mãe das moças e pediu-lhe que enviasse alguma das jovens para ajudá-la na costura. A mãe prontamente enviou-lhe a filha do meio. Aconteceu com essa moça exatamente o que tinha acontecido com a sua irmã mais velha.

A fada, então, tornou a dizer para si mesma:
— Esta já não me serve.

No terceiro dia, pediu novamente à vizinha para enviar-lhe uma das filhas para ajudá-la e a mãe enviou a filha mais nova.

A fada tratou-a exatamente como o fizera com as irmãs. De volta à casa, a mãe perguntou-lhe como tinha passado o dia, se a vizinha a havia tratado bem, se tinha jantado já.

E ela respondeu:
— Ah, correu mesmo tudo bem! Tratou-me a senhora muito bem. Aqui está o pagamento, mãe. Olhe, eu já venho jantada, mas sempre como alguma coisa se houver sobrado.

As irmãs ficaram um pouco surpresas, mas a mãe foi logo dizendo que sim, sobrara e muito do banquete enviado pela vizinha. Assim a esperta jovem pode descontar ali a falta de alimento de que padecera... Comeu bem e foi dormir sossegada. A vizinha fada ao se inteirar do comportamento e das falas da filha mais nova ficou bem contente:
— Esta sim é que me serve!

No dia seguinte, a fada pediu à mãe que mandasse novamente a mocinha a ajudá-la. Nesse dia e em todos os que se

O cordão de ouro

seguiram, apresentou sempre mesa farta. A jovem gostou muito daquela fartura e passou a ir todos os dias à casa da vizinha.

Um dia, a fada anunciou que iria embora. Deixou para a moça um grande saco cheio de moedas de ouro, mas recomendou:

– Minha filha, do modo como são sua mãe e suas irmãs, vocês acabam por ficar sem nada! Preste bem atenção, esta caixinha você guarde por separado. Dentro há um cordão de ouro. Ele é seu e somente seu: se você vir-se pobre e sem nada, leve-o a vender e nada voltará a faltar-lhe.

A fada partiu, a moça voltou para casa com aquela riqueza toda.

Mas, em pouco tempo, mãe e irmãs gastaram tudo e elas viram-se novamente pobres. Começaram a passar necessidade e a jovem pensou no presente que havia recebido da fada.

Abriu a caixinha e viu o cordão de ouro, fino como um fio de cabelo. A mãe, vendo o cordão disse:

– Ai como é tão fino! Não deve valer nada...

Mas a filha não desanimou, na manhã seguinte, bem cedo, pôs um xale sobre o seu vestido, que estava muito velho e feio, e saiu para a cidade para procurar onde vender o seu cordão. A mãe foi junto, queixando-se sempre, dizendo que aquilo não valia nada, nem o trabalho de tentar vender. Ficariam, pois sim, ainda com mais fome depois de tanto andarem. A filha a interrompeu:

– Mãe, não se queixe porque não será assim.

Chegadas à cidade foram a um ourives para vender o cordão. Mas, para espanto delas e do próprio ourives, ao ser colocado num dos pratos da balança, o finíssimo cordão levou o prato todo para baixo. Sem acreditar nos seus olhos, o ourives começou a colocar os pesos no outro prato, de modo a determinar o peso do fio de ouro. Mas, por mais pesos que colocasse, nenhum parecia capaz de mover o prato em que estava o cordão! Por fim, usou todos os pesos que tinha na loja e apoiou, numa última tentativa, suas duas mãos nas laterais do prato que os continha. Mas nada, o cordão parecia mais pesado do que todos os pesos do ourives, que então declarou:

— Mas isto é um espanto, minhas senhoras! Nunca vi tal coisa. Algo está errado. Por favor, procurem outro ourives.

Elas se despediram e partiram para o segundo ourives, e dali para o terceiro e ainda para um quarto ourives. Em todas as lojas dava-se o mesmo.

Criou-se um burburinho pelo comércio e já na hora do almoço, a conversa chegou aos ouvidos do rei, no palácio.

Enquanto isso, mãe e filha, sem ter o que comer, descansavam ao lado da fonte. A mãe se queixava:

— Ai, duro é só ter água para beber quando se tem tanta fome!

A filha ia responder, quando viu dois homens muito bem vestidos que se aproximavam delas. Eram emissários do rei, que as chamava ao palácio para comprar o cordão de ouro.

Foram e encontraram o rei num amplo salão, cercado por pessoas da corte. O rei mandou vir a balança do tesouro real. Veio uma balança, imensa e foi montada ali mesmo. O rei pediu à jovem que colocasse o cordão num dos pratos e ela assim o fez.

No outro prato foram colocadas muitas moedas de ouro.

O prato com o cordão se moveu de leve e subiu um pouco.

Colocaram-se, então, para além das moedas de ouro, muitas joias no outro prato.

O prato com o cordão subiu somente mais um pouco, mas tão pouco que quase não se notava.

O rei então foi até a balança, tirou sua coroa e colocou sobre o prato que já continha as moedas de ouro e as joias.

O cordão de ouro

Ainda assim o cordão pesava mais.

Finalmente, resolveu se sentar ele mesmo, o rei, no prato que já continha moedas, joias e coroa. Quando ele fez isso, os pratos se equilibraram: estava achado o peso do cordão de ouro.

Todos ficaram boquiabertos. O rei desceu da balança e tomou o cordão nas mãos – e ele era leve como uma pluma. Intrigado, o rei pediu à jovem, dona do cordão, que contasse tudo sobre aquela joia.

A moça contou toda a história, desde o dia em que fora trabalhar para a boa vizinha até aquela mesma manhã, quando ela e sua mãe saíram para vender o cordão.

O rei ordenou então que todas as moedas e joias fossem retiradas do prato da balança. Assim foi feito. Ele, então, tomou a moça pela mão e convidou-a a sentar-se sobre o prato vazio. Depois que ela se acomodou, o rei foi até o outro prato e colocou bem em seu centro o fino cordão de ouro. Assombrado, viu os pratos perfeitamente equilibrados: a moça e o cordão pesavam exatamente o mesmo.

A surpresa se traduziu em muitos "Ah" e "Oh" que se ouviram pelo salão.

O Rei pediu a moça em casamento. Ela tentou consultar a mãe, mas não a encontrou. Então resolveu sozinha e aceitou o pedido sim, porque tinha achado o rei bem bonito. Além disso, ele pesava na balança quase tanto quanto ela, devia ser, portanto, pessoa de grande valor.

O rei pediu bebidas para que todos festejassem. E da cozinha real vieram bebidas e... a mãe da moça, que tinha aproveitado o movimento para comer alguma coisa e, retornado ao salão justo em tempo de assistir, surpresa, à comemoração do casamento de sua própria filha com o rei!

Casaram-se e foram felizes por longos anos, governando com justiça, bondade e sabedoria.

A história de João Grilo

Havia um rapaz chamado João Grilo, em tudo desfavorecido pela sorte: era pobre e, além disso, era também muito feio.

Os pais, para quem sempre os filhos são lindos e têm mil predicados eram, no caso de João Grilo, um casal de pobres lavradores que não via limites para o futuro do rapaz.

– Ah, meu filhinho ainda há de ser príncipe!, dizia a mãe. E o pai completava:

– Mas por certo que sim, mulher: bonito e inteligente do jeito que é, só faltava mesmo é ser rico. Mas isso se conserta!

Nesse otimismo todo passava-se o tempo e eles três viviam uma vida miserável, só não sentindo fome pela abundância de couves que conseguiam tirar de sua pequena horta e que eram completadas com umas poucas batatas conseguidas com muito trabalho.

Dinheiro, aqueles pobres não viam quase nunca, o que os fazia andarem mal vestidos e ainda pior calçados.

Um dia espalhou-se por toda aquela terra a história do desaparecimento das joias da princesa de um reino vizinho. O rei, pai da princesa prometera a mão da jovem ao rapaz que descobrisse o autor do roubo. Mas a proposta real tinha um senão: o rapaz que se apresentasse para a tarefa e, em três dias não descobrisse o ladrão, estava automaticamente condenado à morte.

João, que além de pobre e feio era também covarde, sentiu tremerem suas pernas de medo só de pensar no assunto...

Seus pais apenas escutaram a história e já pensaram em João como o candidato ideal a descobrir o autor do roubo e a marido da princesa, um príncipe portanto.

— Ah, meu filho lindo — disse a mãe — olhe só a oportunidade que nos bate à porta: você, inteligente como é, descobre o ladrão em menos de três dias...

— O que está dizendo, mulher — interrompeu o pai — João vai descobrir o ladrão em menos de três horas. E a princesa ao olhar o rapagão que é nosso filho vai se apaixonar de imediato.

— Ah, tem você razão, meu marido. Aposto como a princesa vai dizer que se casa com ele antes mesmo da solução do mistério, tão belo é nosso filho!

João relutou bastante, achou a ideia uma maluquice e esperava que os pais tirassem logo aquilo da cabeça.

Esperou em vão. Passados alguns dias os pais não só não esqueceram o assunto como o convenceram a ir ao castelo real.

Numa manhã puseram João Grilo porta afora com um farnel e a recomendação de que fosse logo, e mandasse as notícias do seu casamento com a princesa a tempo de eles se porem a caminho para chegarem para a cerimônia e para a festa.

Foi João pela estrada. Andou, andou, andou e chegou ao Palácio real. Os guardas riram-se dele, tão feio era e mal vestido estava. No entanto, tinham eles ordens para fazer entrar para o salão principal qualquer rapaz que se apresentasse como candidato a resolver o mistério do roubo das joias e, assim, levaram João Grilo à presença do Rei.

O Rei e a princesa tomaram um susto ao se depararem com João. A princesa lançou ao pai um olhar desesperado, que foi respondido pelo rei, bem baixinho, com as seguintes palavras:

— Filha, palavra de rei não volta atrás. E de gente honrada também não. Nós somos as duas coisas: nobres e honrados. O desafio foi lançado para todos, o que inclui este rapaz. Ele se

A história de João Grilo

apresentou e será tratado igual a todos os outros pretendentes a solucionar o mistério e, se o fizer poderá casar-se com você.

A princesa engoliu em seco e o Rei perguntou em voz alta, o nome do candidato:

– Meu nome é João, senhor – disse João Grilo, tremendo de medo e já arrependido...

O rei respondeu:

– Pois muito bem, seja benvindo João. Tem três dias para solucionar o mistério do roubo das joias da princesa. Se ao final deles você tiver a resposta, terá a mão de minha filha em casamento. Se, ao contrário, não conseguir, será condenado à morte...

João não teve tempo para mais nada, nem para pensar em desistir: um criado o pegou pelo braço e o levou a um rico quarto. Trouxeram a seguir boas roupas e foi posta uma mesa com comida boa e farta. João não pensou em mais nada: vestiu-se como um príncipe, comeu e bebeu à larga.

O dia chegava ao final e o criado anunciou que estava na hora de ajudar João a vestir-se para dormir.

– Que coisa mais galante, roupa para dormir... disse João ao criado, que deu um sorriso amarelo em resposta.

O sorriso amarelo lembrou a João do medo da condenação e ele ficou, de repente, triste, triste...

– O senhor deseja mais alguma coisa?, perguntou o criado.

Suspirou fundo, olhou para o criado e disse:

– Já lá vai um!

O criado ficou muito atrapalhado, pediu licença e saiu do quarto.

Estava frio e João Grilo, cansado do dia, foi dormir bem quentinho na enorme cama, entre lençóis macios e leves como plumas.

Já o criado saiu do palácio e foi ter à taberna onde estavam seus dois companheiros:

– Salve! – disse o primeiro deles

– Venha beber um copo conosco! – secundou o outro.
O recém-chegado acabou com a alegria dos companheiros: trazia más notícias – João o reconhecera. O primeiro companheiro não podia acreditar:
– Como assim? Aquele bobo reconheceu você de onde? Você enlouqueceu?
– Reconheceu, reconheceu – disse o criado a tremer – ele olhou bem para mim e disse: "Já lá vai um!". Ele sabe que estou metido no roubo, com toda a certeza!
O segundo companheiro falou:
– Olhe, eu não posso acreditar, aquilo é mais parvo que um burro! Amanhã vou eu a servi-lo e já vemos isso. Vamos nos encontrar aqui amanhã nessa mesma hora e vocês verão que aquele tolo não sabe de nada.
No outro dia, já pela manhã, apresentou-se, então, o novo criado para servir João Grilo. O dia passou num instante. João Grilo pediu para o criado que preparasse um banho, depois brincou de pular na cama, a seguir almoçou, depois mandou acender a lareira, pediu castanhas para assar no fogo e as assou, por fim jantou. Depois de jantar resolveu que queria um chá, depois do chá resolveu virar cambalhotas pelo quarto, depois das cambalhotas achou que tinha suado muito e pediu por outro banho. O criado estava exausto, quando, finalmente, chegou a hora de ajudar João a vestir-se para dormir.
Nesta hora, João lembrou-se de que lhe restava só mais um dia! Então suspirou fundo, fundo e balançou a cabeça de um lado para o outro, querendo dizer que não. Olhou para o criado e pensando em mais um dia vivido, o penúltimo de sua curta vida, disse, muito magoado:
– Ah, já lá vão dois!
O criado quase desmaiou de susto ali mesmo. Deu a João um "boa noite" e foi rapidamente à taberna encontrar seus companheiros.

– Você tinha toda a razão. Estamos os três perdidos: ele me reconheceu também. Com certeza ele sabe.

O terceiro não quis acreditar:

– Não é possível, não mesmo! Amanhã vou eu a servi-lo e veremos como ele se porta.

João acordou e encontrou o terceiro criado já ao pé da cama.

– Nossa, como tem gente diferente nesse castelo!

O terceiro criado disse então:

– Bom dia, meu senhor, serei eu a servi-lo hoje, deseja alguma coisa?

Alguma coisa? João desejava tudo e mais alguma coisa! Estava tirando a barriga e o resto dele da miséria. Quis começar o dia com um banho bem quente. Depois mandou vir uma corda e pulou corda até cansar. Depois mandou pendurar a corda no marco da porta e fez um balanço. E depois de balançar-se muito almoçou e depois do almoço dormiu a sesta, e depois de dormir a sesta foi pular na cama, e depois de pular quis outro banho e depois do banho quis comer e fez tudo mais que conseguiu pensar em fazer dentro daquele quarto. O criado já se escorava pelas paredes de tão cansado quando chegou, finalmente, a hora de ajudar João a vestir-se para ir dormir.

Era o terceiro e derradeiro dia... João entristeceu-se.

O criado perguntou:

– Deseja mais alguma coisa hoje, meu senhor?

João respondeu pensando na morte, que o esperava no dia seguinte:

– Pronto, é o fim. Já lá vão os três!

O criado, então, para surpresa de João, se jogou aos seus pés e disse:

– Senhor, piedade, clemência. Fomos sim nós três que roubamos as joias da princesa. Por favor, por amor de sua mãezinha, não nos denuncie porque seremos mortos. Trago aqui comigo as joias todas. Tenha pena de nós, devolva as joias mas poupe-nos, não conte ao rei que fomos nós os ladrões.

João, de tão assustado e aliviado, pegou as joias e prometeu não denunciar os criados.

No dia seguinte vieram dois guardas à porta do quarto de João para levá-lo à presença do Rei.

João foi, levando o saco de joias. No salão estava sentado o Rei em seu trono e, numa cadeira ao lado estava a princesa. O Rei disse:

– Bom dia João! Então, que novidades nos traz você? Solucionou o mistério do roubo das joias da princesa?

João encheu o peito e disse:

– Saiba Vossa Majestade que sim, Senhor!

O Rei começou a rir. Já a princesa, engasgou de susto e começou a tossir.

João, então, abriu o saco e apresentou as joias da princesa.

– Estão aqui as joias, Majestade. Sem faltar nenhuma. Pode conferir.

Conferido o conteúdo do saco, João Grilo disse que o mistério estava resolvido, mas que, por escolha, não revelaria o nome do ladrão.

– Mas como? – perguntou o Rei.

João respondeu:

– Ora, Vossa Majestade queria a solução do mistério. O mistério está resolvido e as joias estão aqui.

Foram todos obrigados a concordar, mesmo porque outro problema estava começando a aparecer: a princesa chorava sem parar, dizendo que não queria casar-se com João.

O Rei já estava olhando para a filha com aquele olhar que dizia: "Palavra de gente honrada não volta atrás", mas antes que falasse qualquer coisa, João resolveu o caso:

– Vossa Majestade, não brigue com sua filha. Casar a pessoa deve casar com quem gosta...

A *história de João Grilo*

O Rei ficou muito impressionado com a sabedoria e generosidade de João a quem disse:
— Mas então, João, você me libera e à minha filha do compromisso do casamento?
João assentiu. Sim, liberava sim.
— João, mas o que posso lhe dar como compensação? Já sei, vou fazê-lo um homem rico!
João disse que não, não precisava ser rico fora dali, o que desejava era ficar ali vivendo aquela vida mesmo.
Assim foi. Mas, e tudo sempre tem um mas, passado algum tempo o Rei, que julgava João um adivinho de excelência, resolveu testá-lo.
Num passeio pelo jardim aprisionou um grilo entre as mãos e mandou chamar João à sua presença:
— Então, João – disse o rei – já faz tempo que você solucionou o mistério das joias. Quero que adivinhe o que é que eu tenho aqui, fechado nas minhas mãos.
João Grilo, coitado, se viu em apuros, coçou a cabeça e disse, pensando em voz alta:
— Ai! Grilo, Grilo, em que mãos está metido!
O Rei, julgando que ele tinha acertado exclamou, cheio de alegria:
— Adivinhou, adivinhou, é claro. É um grilo!
João ficou muito sem graça, mas recebeu o presente que o Rei mandara buscar no tesouro real: um saco de moedas de ouro.
Passaram-se alguns dias e o rei, passeando no quintal encontrou o rabo de uma porca, que tinha sido morta para ser assada num dos jantares do palácio. Enterrou o rabinho ali mesmo e mandou chamar João, que veio logo.
— Ó João, anda cá! Adivinhe o que está enterrado aqui ao lado do meu pé?

João, pego de surpresa e não sabendo como fosse responder, começou a torcer as mãos e a caminhar de um lado para o outro, dizendo:

– Aqui é que a porca torce o rabo!

O Rei abraçou-o muito contente, dizendo:

– Ah, João, você é o maior adivinho de todo o mundo! Como soube que enterrei aqui o rabo de uma porca? Você é mesmo um adivinho de primeira, meu rapaz.

E mandou vir outro saco de moedas de ouro para premiar mais essa esperteza de João.

Mas João Grilo, que já estava rico nessa altura, pensou que sua sorte poderia não durar muito. Então disse ao Rei que tinha recebido carta de sua mãezinha pedindo a ele que voltasse à terra, porque sentia muito a falta dele!

O Rei relutou um pouco mas, enfim, deixou que João partisse, não sem antes dar-lhe ainda mais riquezas, para que recomeçasse bem a vida em sua terra.

Assim foi que João Grilo fez a sua fortuna, viu-se livre do Rei e voltou para sua terra, onde viveu rico e feliz ao lado de seus pais que muito o amavam.

Referências bibliográficas

BRAGA, Teófilo. *Contos tradicionais do povo português*. 2 volumes. Lisboa: Publicações D. Quixote, 1999.

COELHO, Adolfo. *Contos populares portugueses*. Lisboa: Publicações D. Quixote, 1985

PEDROSO, Zófimo Consiglieri. *Contos populares portugueses*. Lisboa: Vega, 1996.

Contos que constam deste volume

O Príncipe das Palmas Verdes – recontado a partir do conto homônimo recolhido por Adolfo Coelho.

Pente, laço e anel – recontado a partir de *O coelhinho branco*, conto recolhido por Zófimo Consiglieri Pedroso.

O cavalinho das sete cores – recontado a partir de dois contos recolhidos por Teófilo Braga: *A filha do Rei Mouro* e *O cavalinho das sete cores*.

A gaita maravilhosa – recontado a partir do conto homônimo recolhido por Teófilo Braga.

Antônia – recontado a partir de *A afilhada de Santo Antônio*, conto recolhido por Adolfo Coelho.

O gosto dos gostos – recontado a partir de seis versões recolhidas pelo Professor João David Pinto-Correia, da Universidade de Lisboa.

As três irmãs – recontado a partir dos contos *O Rei-Escuta* e *As cunhadas do rei*, recolhidos por Teófilo Braga.

Cravo, Rosa e Jasmim – recontado a partir do conto homônimo recolhido por Teófilo Braga.

O cordão de ouro – recontado a partir do conto homônimo recolhido por Zófimo Consiglieri Pedroso.

A história de João Grilo – recontado a partir do conto homônimo recolhido por Zófimo Consiglieri Pedroso.

Susana Ventura

Susana Ramos Ventura é mestre (2001) e doutora (2006) em Letras pela Universidade de São Paulo na área de Estudos Comparados de Literaturas de Língua Portuguesa e Literatura para Crianças e Jovens. Atualmente está vinculada ao Programa Avançado de Cultura Contemporânea (PACC) da UFRJ, desenvolvendo trabalho de pós-doutorado. Pesquisadora ligada ao CLEPUL (Centro de Estudos de Literaturas Lusófonas e Europeias da Universidade de Lisboa) e ao CRIMIC (Centro de Investigação sobre os Mundos Ibéricos Contemporâneos) – Sorbonne, Paris IV. Autora dos livros *O Príncipe das Palmas Verdes e outros contos portugueses, O tambor africano e outros contos dos países africanos de língua portuguesa* (2013, Editora Volta e Meia), *Convite à navegação – uma conversa sobre literatura portuguesa* (2012, Editora Peirópolis), entre outros. Trabalha em diversos projetos junto ao SESCSP desde 2007, como curadora, palestrante, professora e moderadora. Em 2010 foi contratada pelo Museu da Língua Portuguesa e Ministério das Relações Exteriores para seleção de textos de literaturas africanas de língua portuguesa e composição de material sobre escritores e países de Língua Portuguesa para a exposição Linguaviagem do Itamaraty.